ULLSTEIN

Das Buch

Dass sich das Fallgatter in dem Moment löste, als Frank und Ed durch das Tor fahren wollten, hätte noch als Unfall gedeutet werden können. Der Dolch in Stefans Rücken jedoch nicht mehr. Jeder aus der Gruppe wäre fähig, einen Mord zu begehen, jeder hätte ein Motiv – und sei es nur, um die eigenen Gewinnchancen bei dem seltsamen Millionenspiel zu erhöhen, für das sie alle nach Crailsfelden gekommen waren. Doch die Überlebenden ahnen inzwischen, dass ein perfider Plan hinter den Ereignissen steckt. Und dass sie sich genauso verhalten, wie es von ihnen erwartet wird …

Der Autor

Wolfgang Hohlbein, 1953 in Weimar geboren, zählt zu Deutschlands erfolgreichsten Autoren phantastischer Unterhaltung. Seine Bücher haben inzwischen eine Gesamtauflage von über acht Millionen erreicht.

Von Wolfgang Hohlbein sind in unserem Hause bereits erschienen:

Die Chronik der Unsterblichen 1. Am Abgrund
Die Chronik der Unsterblichen 2. Der Vampyr
Die Chronik der Unsterblichen 3. Der Todesstoß
Die Chronik der Unsterblichen 4. Der Untergang
Die Chronik der Unsterblichen 5. Die Wiederkehr
Nemesis – Band 1: Die Zeit vor Mitternacht
Nemesis – Band 2: Geisterstunde

Wolfgang Hohlbein

Nemesis

Band 3:
Alptraumzeit

Roman

Ullstein

Besuchen Sie uns im Internet:
www.ullstein-taschenbuch.de

Umwelthinweis:
Dieses Buch wurde auf chlor- und säurefreiem Papier gedruckt.

Ullstein Verlag
Ullstein ist ein Verlag der Ullstein Buchverlage GmbH, Berlin.
Originalausgabe
1. Auflage Oktober 2004

Redaktion: Edigna Hackelsberger
Umschlaggestaltung: Thomas Jarzina, Köln
Titelabbildung: Die Artillerie
Gesetzt aus der Stempel Garamond
Satz: Pinkuin Satz und Datentechnik, Berlin
Druck und Bindearbeiten: Ebner & Spiegel, Ulm
Printed in Germany
ISBN 3-548-25900-6

Wir hatten einen Mörder unter uns! Immer wieder kreiste der Gedanke in meinem Kopf und schien dabei ein lähmendes Gift abzusondern. Es fiel mir schwer, Judith und Maria zur Tür zu folgen, mit gesenktem Haupt und unfähig, etwas zu sagen. In der Küche war es totenstill, was der buchstäblichen Bedeutung dieses Wortes unangenehm nahe kam. Die wenigen Schritte, die uns vom Ausgang trennten, wenn wir der Blutspur folgten, die Stefans Weg hierher kennzeichnete, kamen mir vor wie Dutzende von Metern. Ich wäre gerne gerannt – schließlich befand ich mich mit einer Leiche in einem Raum, zum Teufel noch mal! –, aber ich konnte nicht. Meine Beine fühlten sich plötzlich unendlich schwer an, wie betäubt. Als ich die beiden Frauen fast erreicht hatte, vernahm ich plötzlich ein leises, schabendes Geräusch, das ich, aller Trägheit meiner Wahrnehmung zum Trotz, sofort als das Scharren einer Schublade im alten, verzogenen Küchenschrank ausmachte. Mitten in einem Schritt hielt ich inne und blickte über die Schulter zurück.

»Ich kenne mehr als ein Dutzend Stellen am menschlichen Körper, wo ein Stich oder ein Schnitt ausreicht, um zu töten.« Ellen stand vor einer halb geöffneten Schublade und hielt uns in einer provozierenden Geste der Reihe nach ein scharf geschliffenes Tranchiermesser entgegen.

Ich zweifelte nicht am Wahrheitsgehalt ihrer Worte; schließlich war sie Chirurgin und dazu ausgebildet, präzise Schnitte zu setzen – schon deshalb wäre sie wahrscheinlich eine der Letzten im Raum gewesen, die ich verdächtigt hätte, für das grausame Attentat auf Stefan verantwortlich zu sein. Trotzdem stellten sich die Härchen auf meinen Armen beim Anblick der schlanken, rothaarigen Ärztin mit der blitzenden, gut und gerne fünfzehn Zentimeter langen Klinge in der Hand, kerzengerade auf und blieben stehen, als wären sie mit extraschnell trocknendem Hard Gel fixiert. Aber der Schauer, der mich durchfuhr und sich nicht wie das Standardfrösteln, das mich im Laufe dieser Nacht schon so oft geschüttelt hatte, schnell wieder zurückziehen wollte, lag weniger in der tödlichen Waffe begründet, die Ellen in der Hand hielt, als in dem Ausdruck auf ihrem Gesicht. Ihre eiswasserblauen Augen blitzten bedrohlicher als alle blitzenden Küchenschneidegeräte der Welt zusammen: Sie funkelten *irre*. Tranchiermesser verloren normalerweise nicht die Kontrolle über sich. Ellen aber schien kurz davor zu sein.

Und das war leider nicht nur der individuelle Eindruck, den meine längst bis an den Rande der Erträglichkeit geschundenen Nerven mir vermittelten. Auch Maria verlor deutlich an Farbe (sofern sie noch welche übrig gehabt hatte) und wich langsam zur Seite, bis der Türrahmen sie bremste, und Judith, die nur einen kleinen Schritt hinter mir stand, sog so scharf die Luft zwischen den Zähnen ein, dass ein pfeifendes Geräusch entstand. Lediglich Ed schien gänzlich unbeeindruckt. Er maß Ellen mit schräg gelegtem Kopf und einer lässig hochgezogenen Braue, was aber durchaus daran liegen konnte, dass er sie von seiner Position aus nur von der Seite sah.

Ich machte einen vorsichtigen Schritt in ihre Richtung und hob beschwichtigend die Linke, während ich die Rechte ruhig, aber bestimmt nach dem Messer ausstreckte. »Daran zweifelt niemand«, sagte ich, so ruhig ich konnte. Ich konnte nicht so ruhig, wie ich wollte. Ellen war schließlich nicht die Einzige, der die Ereignisse der vergangenen Stunden und die seltsame, kalte Atmosphäre in diesem alten Klostergemäuer aufs Gemüt schlugen. »Keiner hat dich verdächtigt, okay? Gib mir das Messer.«

Ellen maß mich mit einem Blick, der so frostig war, dass ich fast fürchtete, er würde Eisblumen aus der Tränenflüssigkeit auf meinen Hornhäuten gestalten, wenn ich ihm zu lange standzuhalten versuchte. Aber ich blieb tapfer und sah nicht weg. Ihre Hand schloss sich noch fester um den Plastikgriff des Messers.

»Unsere Sportskanone da ist die Referenz für deine Fähigkeiten«, machte Ed meine Worte mit einem spöttischen Schnauben zunichte, während er mit dem Zeigefinger auf Stefans blutverschmierte Leiche auf dem Küchentisch deutete.

Mein Herz tat einen schmerzhaften Sprung. Ich hielt unwillkürlich die Luft an und blickte erschrocken zu Ellen zurück, von der Ed mich einen winzigen Augenblick lang abgelenkt hatte. Verdammt, warum hatte es ausgerechnet Stefan erwischt? Warum ausgerechnet das einzige männliche Wesen neben mir, das wider aller ursprünglicher Erwartungen weit mehr mit den Eiweißverbindungen unter seiner Schädeldecke anfangen konnte, als sich nur die aktuelle DFB-Tabelle einzuprägen? Warum konnte nicht Ed an seiner Stelle schlaff auf dem Küchentisch liegen und aus toten Augen an die Decke starren, während das Blut, das aus seinem Mund getropft war, langsam an seinen Lippen verkrustete? Vielleicht hätte ich in diesem Fall Erfolg mit meinem Versuch gehabt und Ellen hätte mir das Messer gegeben. Aber obwohl die gusseisernen Streben des Fallgitters ihn nahezu durchbohrt hatten, lebte Ed noch, und so funkelte es für einen winzigen Moment nur noch zorniger, noch wahnsinniger in den Augen der Ärztin, während sie erst ihn, dann Stefan anblickte.

Dann begann sie plötzlich zu zittern. Ein Ausdruck von Scham trat in ihre Augen mit den stecknadelkopfgroßen Pupillen. Ein Ausdruck von messerscharfer Intelligenz, vermischt mit grenzenloser Wut und Wahnsinn trat in ihren Blick und eine einzelne Träne rann über ihre Wange, während ihre Glieder erschlafften. Das Messer entglitt ihrer Hand und fiel klirrend auf den Boden hinab. Schließlich sackte sie in sich zusammen und begann stumm und durch einen Tränenschleier ins Leere starrend zu weinen.

Ich hatte mit vielem gerechnet – zum Beispiel damit, dass sie auf dem Absatz herumwirbeln und Ed ihre chirurgische Treffsicherheit an seinem eigenen Leib beweisen würde, damit, dass sie mir die ausgestreckte Rechte im Stand und ohne Betäubung amputieren würde, oder mit beidem in umgekehrter Reihenfolge. Ich will nicht sagen, dass mir das lieber gewesen wäre als das, was dann tatsächlich geschah – aber weit entfernt davon war ich nun auch wieder nicht. Ich hatte in meinem Leben viele Frauen weinen sehen (habe ich eigentlich schon erwähnt, dass ich nicht unbedingt ein Beziehungsgenie bin?) und diese waren zwar alle keine Amazonen gewesen, aber besonders nah am Wasser gebaut hatten sie nun auch wieder nicht. Doch noch nie zuvor hatte mich ein bisschen Salzwasser auf weicher Haut so berührt, so erschüttert wie in diesem Augenblick: Ellen weinen zu sehen – die starke, unbeirrbare, über allem und jedem stehende Universitätsabsolventin –, dazu noch mit dieser durch und durch *ehrlichen* Gefühlsregung, hatte etwas Bedrückendes, Verunsicherndes, fast schon Unheimliches. Ich sah, wie sie vergeblich um ihre Fassung rang. Sie wollte nicht, dass wir sie so sahen, dass wir merkten, dass sie verletzlich war, und dass es Ed (ausgerechnet Ed!) gelungen war, sie so sehr zu treffen. Sie vergrub das Gesicht in den Händen und senkte den Kopf. Noch immer kam kein Laut über ihre zu einem schmalen Strich zusammengepressten Lippen. Ich glaubte nicht, dass es nur der Angriff auf ihre ärztlichen Fähigkeiten gewesen war, der sie so plötzlich und so heftig aus der Bahn geworfen hatte. Mein Blick wanderte zu Stefans totem Körper. Vielleicht waren Judith und ich nicht die Einzigen gewesen, die die hereinbrechende Nacht zu spannenderen Dingen genutzt hatten als zum Spinnwebenzählen und Mottenjagen.

Judith eilte an mir vorbei, ließ sich vor Ellen in die Hocke sinken und streckte den Arm aus, um ihn ihr um die Schulter zu legen. Was dann geschah, passierte so schnell, dass ich die Bewegungen nicht mitverfolgen konnte, obwohl ich kaum mehr als anderthalb Meter von den beiden entfernt stand: In der einen Sekunde berührten Judiths Fingerspitzen sachte Ellens zitternde Schultern, in der nächsten standen beide aufrecht da. Die junge Ärztin hatte Judith an den Haaren gepackt und hielt sie vor sich wie eine Geisel, die ihrem Kidnapper als menschlicher Schutzschild dient. Sie hatte das Tranchiermesser wieder an sich genommen, umklammerte es mit festem Griff und drückte es Judith so grob gegen die Halsschlagader, dass ein Tropfen Blut aus der Schnittstelle quoll und über die blank polierte Klinge rann. Maria hinter mir schrie entsetzt auf und auch Judith schien schreien zu wollen, aber ihrer Kehle entwich nichts als ein fassungsloses, trockenes Keuchen. Ich wich zurück.

»Keiner fasst mich an.« Ellens Stimme war leise, klang aber dennoch so schrill, dass sie fast hysterisch wirkte. »Ich *kann* gezielte Schnitte setzen, glaubt mir. Jeder, der auch nur einen halben Schritt näher kommt, wird nie wieder Gelegenheit bekommen, daran zu zweifeln, verstanden?«

Das Zittern, das von ihr Besitz ergriffen hatte, als sie zu weinen begann, hatte sich zu einem Beben gesteigert und ihr Atem ging schwer. Ihr Blick irrte hektisch durch den Raum, während sie sich vergewisserte, dass niemand von uns zum Versuch ansetzte, gegen ihre mehr als deutliche Ansage aufzubegehren. (Wie sollten wir auch? Zumindest in diesen Sekunden traute sich keiner im Raum auch nur zu atmen.) Alles in allem wirkte sie wie ein in die Enge gedrängtes wildes Tier, das verzweifelt nach einer Lücke im Kessel der Meute sucht, durch die es entkommen kann. Eine Frau wie sie, dachte ich, war in ihrem Leben sicher schon ungemein häufig mit dem Tod in Kontakt geraten, sie hatte wohl schon viele Menschen sterben sehen, ohne dass es sie besonders berührt hätte, ohne dass es sie berühren *durfte*. Vermutlich hatte sie nicht ein einziges der Unfallopfer, die sie während ihrer Laufbahn in der Notaufnahme vergeblich behandelt hatte, persönlich gekannt. Sie war vermutlich immer ohne größere Schwierigkeiten in der Lage gewesen, das Geschehene mit ihrem weißen Kittel an den Haken zu hängen und einfach hinter sich zurückzulassen, wenn sie die Station verließ. Dieser nicht nüchtern aus den Augen der Ärztin betrachtete, mit Schmerz, Trauer und Hilflosigkeit verbundene Tod eines Menschen, den sie gekannt hatte, überforderte sie. Vielleicht verstand sie in diesen Minuten auch erstmals, was sie im normalen Leben eigentlich jeden Tag tat, worum es dabei wirklich und in letzter Konsequenz ging. Ob sie sich so herzlos und kalt fühlte, wie sie manchmal wirkte?

Augenblicke, die sich schier unendlich in die Länge zogen, vergingen, ehe sie den quer über Judiths Brust gelegten Unterarm mit der zwanzig Zentimeter langen Klinge in der Hand langsam zurückzog und Judith schließlich mit einem herben Ruck von sich wegschleuderte, so dass sie schmerzhaft auf den Knien landete. Mit einem einzigen Schritt war ich bei ihr und half ihr in die Höhe, wobei ich das Haar an ihrem Hals beiseite schob, um zumindest flüchtig die Wunde zu inspizieren, die die scharfe Klinge verursacht hatte.

»Nur ein Kratzer«, stellte ich fest und strich ihr beruhigend über die Wange. Doch sie betrachtete erschrocken ihre Fingerspitzen, mit denen sie nach dem kleinen Schnitt getastet hatte und an denen jetzt Blut klebte. Dann wandte ich mich wieder Ellen zu. »Wenn es einen Hauptverdächtigen gibt, dann bin ich das«, sagte ich ruhig und spürte, wie ein kleiner Teil meines Verstandes bereits nach einem harten, handlichen Gegenstand zu suchen begann, mit dem er mir gleich den Hinterkopf zertrümmern würde.

Aber obwohl ich das Misstrauen, das in dichten Schwaden durch den Raum zu ziehen schien und sich immer stärker gegen mich richtete, deutlich spürte und spätestens seit Stefans tragischen letzten Augenblicken und der Rolle, die ich in dieser unglücklichen Situation gespielt hatte, sogar nachvollziehen konnte, war es mir recht so. Lieber sollten Maria, Judith, Ed und Carl ihr – rein objektiv betrachtet – berechtigtes Misstrauen mir gegenüber noch steigern, als dass Ellen sich weiter verdächtigt fühlte und in ihrem schlechten Zustand endgültig die Kontrolle über sich verlor. Ich wusste, dass ich nichts getan hatte. Ich würde den Schuh, den ich mir vielleicht in diesem Moment anzog, mit einer guten Portion Taktgefühl ziemlich rasch wieder ablegen können, ohne ihn einem der anderen direkt zuzuschieben.

»Schließlich war ich der Einzige, der allein unterwegs war«, fügte ich erklärend hinzu. »Außerdem bin ich länger geblieben, als vereinbart war.«

Ich war im Direktorzimmer zusammengebrochen. Der Schmerz in meinem Kopf hatte mir das

Bewusstsein geraubt, deshalb hatte ich so viel Zeit dort verbracht. Aber ich erzählte nichts davon – wenn ich meinen Blackout überhaupt erwähnen wollte, dann zu einem späteren Zeitpunkt. Es hätte mir im Moment nichts genutzt. Wahrscheinlich hätte mir ohnehin niemand geglaubt und ganz nebenbei war es nicht besonders heldenhaft, von nichts als Kopfschmerzen aus den Latschen geworfen zu werden. Ich schämte mich ein wenig dafür. In dieser Situation war es auch nicht wichtig. Mein einziges Ziel bestand gerade darin, Ellen zu beruhigen, bis sie ihre Fassung wiedergewonnen hatte und normale und vernünftige Gespräche führen konnte. Der immer noch misstrauische Ausdruck in ihren hektisch von einem zum anderen und wieder zurück wandernden Augen verriet mir, dass bis dahin wahrscheinlich noch hohe Anforderungen an mein taktisch-emotionales Geschick gestellt würden, das ich in meinem bisherigen Leben noch nicht allzu oft beansprucht hatte. »Wir dürfen jetzt nicht die Nerven verlieren«, sagte ich. »Lass uns die Dinge objektiv betrachten, okay?«

»Da warst du nicht der Einzige«, warf Carl ruhig ein. Er hatte bislang völlig unbeteiligt und regungslos an der Wand gelehnt, als sei er mit dem Inventar verschmolzen. »Judith und ich haben uns im Hof getrennt. Ich hatte irgendwann keine Lust mehr, ihr dabei zuzusehen, wie sie auf der Suche nach einem mysteriösen Schaltsystem an jedem einzelnen Stein des alten Turms gerüttelt hat, und habe derweil versucht, die Lücke zwischen Torgang und Wagen zu erweitern, damit wir uns hindurchquetschen können.« Er hob seufzend die Schultern. »Vergeblich.

Die Karre verschließt die Ausfahrt dicht wie ein Kronkorken.«

»Jedenfalls haben wir einander etwa zwanzig Minuten lang nicht gesehen«, bestätigte Judith nachdenklich. Sie versuchte den misstrauischen Seitenblick auf Carl zu unterdrücken, schaffte es aber nicht ganz. Ellen entspannte sich nur unwesentlich, aber wenigstens legte sich langsam das irre Funkeln in ihren Augen.

»Maria war auch nicht die ganze Zeit über bei mir.« Ellen schnaubte. Mein innerliches Aufatmen hielt daher nur kurz an. Ich hatte ausschließlich darauf abgezielt, den Verdacht vorübergehend auf mich zu lenken, um sie aus der Ecke, in die sie sich getrieben fühlte, herauszumanövrieren, nicht aber darauf, dass wir einander gegenseitig verdächtigten und die Stimmung auf diese Weise wieder derart aufgeheizt wurde, dass wir uns am Ende vielleicht die Zähne einschlugen. Nun aber schien es genau darauf hinauszulaufen. »Wir haben uns kurz getrennt, um verschiedene Räume zu durchsuchen. Als ich fertig war, war Maria weg«, erklärte Ellen und bedachte Maria, die ihren Schrecken über Ellens Bemerkung einigermaßen überwunden hatte und an Judiths Seite getreten war, mit einem bitterbösen Blick.

»Aber ich –«, fuhr Maria auf, brach aber mitten im Satz ab und senkte nervös den Blick.

»Aber was?« Ed legte lauernd den Kopf schräg. »Vielleicht gibt es ja wirklich einen zweiten Ausgang, der durch den Keller führt. Vielleicht ist Stefan von dort gekommen. Er wollte uns holen, aber unser graues Mäuschen hat die Gunst des Augenblicks genutzt, einen lästigen Miterben loszuwerden. War es so?«

»Das ist doch völlig absurd!«, Maria schüttelte heftig den Kopf.

»Findest du?« Ellen, die sich gerade erst wieder halbwegs in der Gewalt gehabt hatte, tat einen drohenden Schritt in unsere Richtung, wobei sie mit der Spitze des Tranchiermessers in Marias Richtung deutete. Offenbar war sie drauf und dran, sich gleich in den nächsten Wahn zu steigern. »Ich finde diese Version ziemlich plausibel, Schätzchen. Schließlich warst du lange genug weg, mindestens eine Viertelstunde. Zeit genug, um den Dolch zu holen und Stefan niederzustechen.«

»Das glaube ich nicht.« Obwohl ich wusste, dass Judith die zierliche, neunmalkluge Besserwisserin in den biederen, aschgrauen Klamotten mindestens ebenso wenig mochte wie ich, versuchte sie ihr ein wenig Rückendeckung zu geben – eher, um die Situation zu entschärfen als weil sie tatsächlich von ihrer Unschuld überzeugt war, wie ihre skeptische Mimik und distanzierte Körperhaltung verriet. »Es gibt bestimmt eine andere Erklärung, oder?« Sie wandte sich Maria zu und blickte sie fragend an. »Wo bist du gewesen?«

»Ich …« Maria stand das Unbehagen so deutlich wie mit Neonlettern ins Gesicht geschrieben. Sie zögerte einen Augenblick und blickte verlegen auf ihre Fußspitzen hinab. »Oben«, stieß sie schließlich hervor. »Auf der Toilette.«

»O là là«, machte Ed spöttisch. »Zehn Minuten für ein kleines Mädchen? Das Fassungsvermögen deiner Blase ist wirklich beeindruckend.«

»Während das deiner Birne wohl eher zu wünschen übrig lässt«, ergänzte Judith spöttisch.

»Das war ganz allein Ellens subjektives Zeitempfinden«, konterte Maria brüskiert und überspielte damit die Scham über ihren öffentlich ausdiskutierten Toilettenbesuch. Mit einer trotzigen Geste warf sie den Kopf in den Nacken. Sie tat mir ein bisschen Leid. »Allein in einem dunklen Keller, erfüllt von mehr oder weniger begründeten Ängsten, verliert man das Zeitgefühl schon mal«, sagte sie. »Da können aus Minuten Stunden werden.«

»Andererseits finde ich es auch ein bisschen auffällig, dass nur Männer ums Leben kommen. Es wäre durchaus denkbar, dass eine Frau –«, grübelte Judith laut nach, brach aber ab und machte eine wegwerfende Handbewegung, als mein mahnender Blick sie traf.

Ellen öffnete den Mund, um etwas hinzuzufügen, aber ich kam ihr zuvor. Ich hatte diese ganze Diskussion mit meinem bescheuerten Ablenkungsmanöver ins Rollen gebracht und fühlte mich daher auch verantwortlich, dafür zu sorgen, dass sie schnell wieder ein Ende fand.

»Zusammenfassend gesagt kann also jeder von uns der Mörder sein«, versuchte ich einen Schlussstrich zu ziehen. »Jeder außer Ed war lange genug allein und in der Lage, den Dolch aus dem Keller zu holen und Stefan umzubringen.«

»Warum alle außer Ed?«, warf Maria empört ein. »Was ist, wenn er nur simuliert? Es könnte doch sein, dass er gar nicht so schwach ist, wie er tut.«

»Tiefe Schnittwunden und eine Gehirnerschütterung sind schwer zu simulieren.« Ellen verdrehte die Augen über Marias wirklich sehr weit hergeholte Unterstellung. Mit einem Anflug der Erleichterung stellte ich fest, dass sie anscheinend wieder fast die Alte war.

»Lassen wir den Küchenhocker aus dem Spiel«, bestätigte Judith und begann nachdenklich im Raum auf und ab zu gehen. »Einer von uns vieren ist der Mörder.« Sie blieb stehen und bedachte erst Maria, dann Ellen und Carl und zuletzt mich mit konzentriertem Blick. Als sie mich ansah, lag eine ungewohnte Kälte in ihrer Miene, die mich irritierte. Ich zuckte zusammen. Ich hatte geahnt, dass ich der Hauptverdächtige hier war, aber ich hätte meine rechte Hand darauf verwettet, dass Judith mir vertrauen und Rückendeckung geben würde. Wir kannten uns zwar auch erst seit ein paar Stunden, aber wir waren uns ziemlich nahe gekommen in dieser Zeit. Ich hatte geglaubt, dass sie über ausreichende Menschenkenntnis und Sensibilität verfügte, um einfach zu *wissen*, dass ich nichts mit der ganzen Geschichte zu tun hatte, denn von uns allen verfügte sie über die wahrscheinlich höchste emotionale Intelligenz. Ich war allerdings froh, mit niemandem darüber gewettet zu haben. Judiths Skepsis mir gegenüber schmerzte schon genug. Wenigstens durfte ich meine rechte Hand behalten.

»Wir sitzen wie Ratten in einem Käfig«, sagte Ellen. »Das Ganze erinnert an eine Versuchsanordnung wie in einem Labor. Man ködert die Ratten, sie werden eingesperrt und paaren sich. Und dann beginnt man mit dem Versuch. Keine kann mehr aus dem Käfig fort. Nur die intelligenteste Ratte wird das Schlupfloch finden und überleben.«

Judith schüttelte angewidert den Kopf. »Du hast eine kranke Fantasie.«

Maria legte nachdenklich die Stirn in Falten und kratzte sich unwillkürlich am Hinterkopf. Dann trat sie an den Küchentisch, hob Stefans leblosen Arm vorsichtig ein Stück weit an, was sie deutliche Überwindung kostete. Sie presste ihre Lippen fest zusammen, hielt den Atem an und zog die blutbeschmierten Fotos unter seinem toten Körper hervor. Dann trat sie schnell ein Stück zurück, als fürchtete sie, der tote Sportler könne sich im nächsten Augenblick aufbäumen und sich, als Zombie zu neuem Leben erwacht, auf sie stürzen. Sie begann die Bilder so hektisch durchzublättern, dass sie an eine Patientin im Wartezimmer eines Zahnarztes erinnerte, die heftig in Illustrierten blättert, um sich von den Folterwerkzeugen abzulenken, die im Behandlungsraum auf sie warten könnten.

»Und wir sind brave Ratten«, fuhr Ellen ungerührt fort und bestätigte damit indirekt, was ich mir bereits gedacht hatte. Stefan und sie hatte mehr verbunden als eine Runde Skat oder Mau-Mau vor dem Einschlafen. Die Vorstellung war irgendwie absurd und doch war es wohl so gewesen. Und außerdem: Judith und ich waren schließlich auf den ersten Blick bestimmt auch nicht die Kandidaten für eine Quoten steigernde Traumhochzeit, oder? »Kaum waren wir im Schloss, sind wir alle miteinander in die Kiste gesprungen«, behauptete Ellen. »Ganz wie es unser verrückter Gönner Klaus Sänger sich von seinen Versuchstierchen wünschte und …«

»Ich habe nicht …«, protestierte Maria kleinlaut und blickte von den Fotos auf.

Ed lachte anzüglich. »Ich sage nur: Stille Wasser sind tief«, grinste er.

»Mistkerl!«, entfuhr es Maria.

»Soll ich ihnen sagen, was du kleine Nutte mir ins Ohr geflüstert hast, als wir es getrieben haben?« Es bereitete Ed deutliche Freude, sie mit ihrem intimen Ausrutscher in seinem Zimmer vor uns zu foltern, und er tat es mit Erfolg.

Maria ließ die Fotos fallen und stürmte mit einem schrillen Schrei aus der Küche. Ich versuchte noch, mich ihr in den Weg zu stellen, aber was bei anderen Menschen vielleicht durch blanke Angst möglich wurde, schaffte bei ihr allein schon die Scham: Sie verlieh ihr ungeahnte Kräfte, mit denen sie mich kurzerhand zur Seite stieß, so dass ich um ein Haar das Gleichgewicht verloren hätte und gestürzt wäre. Ich fing mich am Küchenschrank ab und setzte dazu an, ihr nachzueilen, aber Judith ergriff mich am Handgelenk und schüttelte den Kopf.

»Lass sie doch«, sagte sie beschwichtigend. »Die ist nicht unsere Mörderin.« Dann wandte sie sich wieder Ellen zu. »Und wer steckt bitte sehr deiner Meinung nach hinter diesem vermeintlichen Versuchslabor?«

»Irgendein krankes Hirn eben.« Ellen hob hilflos die Schultern und seufzte tief. »Wer macht schon einen Menschenversuch? Und zu welchem Zweck?« Plötzlich weiteten sich ihre Augen. Sie trat an den Küchentisch heran, legte das Tranchiermesser darauf ab und griff nach ihrer Zigarettenschachtel. Die Plastikfolie war verklebt von dunklem, halb eingetrocknetem Blut und ihre Hände zitterten sichtbar, als sie sich eine Zigarette ansteckte. Sie nahm einen tiefen Zug, und schließlich noch einen zweiten und einen dritten, bis sie sich wieder unter Kontrolle hatte. »Die Weibchen sollten gedeckt werden«, sagte sie schließlich mit eisiger Stimme. »Jetzt braucht man die Männchen nicht mehr.«

»Du ... du spinnst doch ...«, keuchte Judith erschrocken. Sie schien der Hysterie plötzlich fast so nahe wie unsere Ärztin noch ein paar Minuten zuvor. »*Du* bist das kranke Hirn! Woher hätten unsere Laborchefs denn wissen sollen, dass sie den richtigen Zeitpunkt getroffen haben. Ich meine, die können doch nicht wissen, wann ...«

»Bei mir wäre der richtige Zeitpunkt gewesen. Genau die beste Nacht, um Nachwuchs zu zeugen.« Sie blickte Judith offen an. »Und wie sieht es bei dir aus?«

Obwohl sich alles in ihr dagegen sträuben musste, Ellens wahnwitzige Idee auch nur ansatzweise in Betracht zu ziehen, sah ich Judith förmlich an, wie sie im Geiste die Tage nachzuzählen begann.

»Und?«, setzte Ellen schließlich nach.

»Das geht dich einen Dreck an!«, fauchte Judith, aber ihr Blick wanderte nervös durch den Raum und ihr Atem beschleunigte sich. Zweifellos war es auch für sie der beste Zeitpunkt gewesen, um schwanger zu werden. Mir wurde übel.

»Das ist wirklich albern«, winkte ich ab und schüttelte entschieden den Kopf. »Selbst wenn es so wäre, hätte niemand das wissen –«

»Unsere supergescheite Akademikerin und ihr durchtrainiertes Anabolikadepot!« Judith zog es wohl vor, zum Angriff zu starten, ehe sie selbst noch weiter in die Defensive gedrängt werden konnte, in die sie sich eigentlich ganz ohne Not gebracht hatte. Es blieb allerdings bei einem Versuch.

»Besser als mit einem gescheiterten Tellerwäscher, oder?«, konterte Ellen spöttisch.

»Wer sollte Interesse an so einem Versuch haben?«, wandte ich ein, nur um überhaupt etwas zu sagen, was von den beiden unangenehmen Themen (meinen vergnüglichen Stunden mit Judith und meiner kläglichen Karriere auf amerikanischem Boden) ablenkte.

Ellen bückte sich nach den Fotos, die Maria hatte fallen lassen, und sammelte sie ein. »Hier in der Burg wurden schon einmal irgendwelche Versuche gemacht«, erklärte sie und hielt mir die Schwarzweißaufnahme hin, die Klaus Sänger und einige andere Doktoren in weißen Laborkitteln zeigte. »Sänger hat mit den Nazis gemeinsame Sache gemacht, und weiß der Henker, an was er geforscht hat. Ich bin sicher, dass das Müttererholungsheim oder was immer hier in der Burg untergebracht war, nur zur Tarnung diente. Irgendetwas ist in den Gewölben unter der Burg vor sich gegangen. Etwas, von dem man ablenken musste.« Sie blickte über die Schulter zu Carl zurück. »Woran hätte man sonst so lange bauen sollen. Und warum hätte man alles so sorgsam verbergen müssen, wenn es nicht etwas Ungeheuerliches gewesen wäre?«

Ed klatschte müde in die Hände. »Gratuliere, Miss Paranoia. Das ist der größte Unsinn, den ich jemals gehört habe.« Er gab Frankensteins Monster aus seiner recht bedauerlichen Theaterkiste zum Besten. »Huahhh ... unheimliche Naziwissenschaftler, die nun vermutlich schon alle über neunzig sind, benutzen uns als Laborratten. Tolle Idee!«

Ich starrte auf den Nazidolch in Stefans Rücken hinab. Einen winzigen Moment lang war ich beinahe versucht, Ellen zu glauben. Warum eigentlich nicht? Es gab längst keine vernünftige Erklärung mehr für all das, was in den vergangenen Stunden hier geschehen war, nichts, was diese Anhäufung von unglücklichen Zufällen und Unfällen hätte plausibel erscheinen lassen können. Und Judiths Argument, dass niemand hätte wissen können, wann für die Frauen der beste Zeitpunkt zur Fortpflanzung war, zählte nicht. Nicht umsonst hatten Frauen ganz allgemein die seltsame Angewohnheit, ständig Ärzte aufzusuchen, ohne krank zu sein. Jede der drei verfügte ganz sicher über einen Gynäkologen ihres Vertrauens. Was, wenn ihr Vertrauen nicht halb so gut aufgehoben gewesen war, wie sie geglaubt hatten? Wenn –

Ich verwarf den Gedanken. Nüchtern betrachtet brauchte man als Erklärung für das, was geschehen war, keinen vergreisten Nazi, der nach einem Paarungsexperiment die nun überflüssigen Männchen nach dem Schwarze-Witwe-Prinzip entsorgte. Irgendjemand hatte mit einem Dolch aus dem Dritten Reich, den man mit etwas Glück bei eBay ersteigern oder auf dem Trödel auftreiben konnte, einen von uns niedergestochen – um nichts anderes ging es hier schließlich. Viel naheliegender als Motiv war daher, dass tatsächlich einer von uns die Gelegenheit genutzt hatte, einen Rivalen um das Erbe des Klaus Sänger auszuschalten. Wenn ich mich zwischen einer der beiden Möglichkeiten entscheiden müsste, dann würde ich letztere wählen. Es war traurig und erschreckend, wie weit die menschliche Habgier gehen konnte. Aber diese Einsicht war noch immer leichter zu ertragen als Ellens Fantasie von den menschlichen Versuchskaninchen und die damit einhergehende Vermutung, nicht einfach nur hier festzusitzen – was an sich schon schlimm genug war –, sondern bewusst und planmäßig *eingesperrt* worden zu sein und beobachtet zu werden. Allein diese Idee würde mich in den Wahnsinn treiben, wenn ich sie zu nah an mich heranließ.

»Ich würde mich wohler fühlen, wenn wir ihn aus der Küche schaffen würden.« Judith ging nicht auf Eds dumme Sprüche ein, sondern rümpfte nur verächtlich die Nase, zog es aber auch vor, mit dem Thema abzuschließen, und deutete mit einem Nicken auf Stefans Leiche.

»Das sehe ich auch so«, sagte ich, dankbar für die Ablenkung, weg von meinen eigenen düsteren Gedanken und hin auf das für jeden nachvollziehbare menschliche Bedürfnis, nicht ständig auf einen Toten blicken zu müssen. Schließlich fiel es niemandem leicht, auf so drastische Weise an die eigene Verletzlichkeit, Schwäche und sogar die eigene Sterblichkeit erinnert zu werden.

Ich trat an den Küchentisch heran und bedeutete Carl, mir zu helfen; bis jetzt hatte er an der gegenüberliegenden Wand gelehnt und sich nicht einmal einen Zentimeter von der Stelle gerührt, als Ellen mit dem Tranchiermesser Amok zu laufen drohte. Seine Reaktionen beschränkten sich seit einer geraumen Weile auf das gelegentliche Anheben einer Augenbraue, ein Stirnrunzeln oder das Verlagern seines Gewichtes von einem Fuß auf den anderen. Von uns allen in der Küche hatte er bisher am wenigsten geredet. Etwa weil er am meisten wusste? Wenn ich einen Hauptverdächtigen bestimmen müsste, dann wäre er ganz sicher mein Favorit. Aber meine Verdächtigungen waren ebenso wenig gerechtfertigt wie Judiths unausgesprochenes Misstrauen und das der anderen mir gegenüber. Ich durfte mich nicht auf Vermutungen und Spekulationen einlassen, den Boden der Tatsachen nicht verlassen. Jeder hier war auf seine Weise drauf und dran, den Verstand zu verlieren – ich würde um meinen kämpfen. Bestimmt war dieses undurchdringliche Verhalten von Carl einfach seine Art, auf zu viel Schrecken, Leid und Angst zu reagieren. Möglicherweise war er froh darüber, so wie ich gerade, durch irgendetwas von den eigenen beängstigenden Gedanken und Theorien abgelenkt zu werden – und sei es dadurch, dass man eine blutverschmierte Leiche aus dem Raum schaffte.

Tatsächlich aber fühlte ich mich nicht besser, als wir den mindestens zweihundert Pfund schweren, schlaffen Körper des Bodybuilders mit vereinten Kräften und Judiths und Ellens wenig effektiver, aber gut gemeinter Unterstützung anhoben, sondern nur auf eine andere Weise hundsmiserabel. Obwohl ich mir große Mühe gab, überall hinzusehen, nur nicht auf den Toten, den wir unter Ellens permanenten Kommandos und fachlich begründeten Zurechtweisungen wie ein schlecht zu greifendes, sperriges, dafür aber empfindliches und mit Respekt zu behandelndes Möbelstück in die Eingangshalle wuchteten, fühlte ich mich eher wie ein Leichenfledderer als wie ein Grabträger. Das war mir selbst gegenüber nicht gerecht, denn ich tat nichts, was nicht jeder andere an meiner Stelle ebenfalls tun würde. Dennoch hatte ich ein furchtbar schlechtes Gewissen, als wir Stefans Leiche schließlich, unter angestrengtem Schnaufen und Keuchen, so weit wie möglich entfernt von Küche, Ausgang und dem Weg zwischen beidem ablegten.

Das Messer ließen wir in der Wunde stecken und legten die Leiche bäuchlings auf den Boden. Ellen hätte nicht erst darauf hinweisen müssen, dass wir gut daran taten, der Kriminalpolizei so viele Spuren zu hinterlassen wie möglich, und dass es durchaus sein konnte, dass der Täter dumm genug gewesen war, seine Fingerabdrücke auf dem Napola-Dolch zu hinterlassen. Selbst wenn es irgendeinen Grund gegeben hätte, das Nazirelikt zu berühren, hätte sich niemand von uns getraut. Wer wollte schließlich seine eigenen Fingerabdrücke auf einer Mordwaffe wissen? Und wer wollte nicht nur so schnell wie möglich einfach nur weg von hier, zurück in die Küche, raus aus dem Gebäude oder im Idealfall auf schnellstem Wege nach Hause? Ellens Befehlston hinderte niemanden daran, etwas Falsches zu tun, weil sowieso niemand ein Interesse an solcherlei Unsinn hatte. Aber er verlieh ihr unübersehbar das Gefühl, die Fäden in der Hand zu haben, das Geschehen um sie herum zu lenken und zu kontrollieren. Nach ihrem Zusammenbruch vor kaum mehr als zwanzig Minuten wäre ich der Letzte, der ihr diese Einbildung wieder ausreden würde, im Gegenteil: Wenn es unbedingt sein musste, um die Arroganz, die sie vor dem Blick hinter ihre eigene Fassade schützte, aufrechtzuerhalten, würde ich bellen und Stöckchen apportieren. Wenn ich ihr überhaupt etwas zu sagen hatte, dann konnte ich das tun, sobald wir diesen Alptraum hinter uns gelassen hatten. Von mir aus sollte der Wahnsinn, der eben für einen kurzen, aber eindrucksvollen Moment aus ihren Augen gefunkelt hatte, von ihr Besitz ergreifen, und meinetwegen sollte sie sich selbst als Patientin in der Klinik, in der sie arbeitete, wiederfinden – auf einer Station, in der man sie professionell mit der Existenz ihrer eigenen Psyche vertraut machen würde. Aber nicht hier und jetzt. Ellen war von uns allen vielleicht der labilste Charakter, weil sie ihr eigenes, wahres Wesen nicht kannte, sondern nur die erfolgreiche junge Ärztin, die ihren Namen trug und nie etwas anderes tat, dachte oder sogar fühlte, als sie es von ihr *erwartete*. Ellen spielte sich selbst, das machte sie gefährlich. Einen Moment lang fragte ich mich mit einem unpassenden Anflug von Stolz über mein neu entdecktes psychologisches Talent – obwohl ich bislang selbst der größte Kritiker aller Hobbypsychologen und -therapeuten gewesen war – nun doch, ob es nicht etwa sein konnte, dass Ellen schon einmal die Fassung verloren hatte, ohne dass wir es bemerkt hatten. Vielleicht war sie es ja gewesen, die, aus welchen Gründen auch immer, über Stefan hergefallen war und dann nicht an der allgemeinen Schwäche ihres Charakters, sondern speziell an ihrem Gewissen verzweifelt und durchgedreht war.

Ich ermahnte mich insgeheim, mich nicht schon wieder in Spekulationen zu verirren und umgehend wieder von dieser für mich selbst ganz untypischen Denkweise zwischen Pseudophilosophie und -psychologie abzulassen. Ich entwickelte mich langsam ausgerechnet zu der Sorte Mensch, der ich im Alltag weiträumig aus dem Weg ging. Außerdem gab es hier niemanden, der mir vertraute, also musste ich mir selbst treu bleiben.

Auf halbem Wege zur Küche hielt ich noch einmal inne und blickte zu Stefans Leiche zurück. Ihn durch meine eigenen Hände wie einen Tierkadaver an einer möglichst unauffälligen Stelle deponiert zu sehen kratzte unangenehm an meinem Selbstrespekt. Ich erinnerte mich daran, so etwas wie einen Regenmantel, wenn ich Glück hatte, eine kleine Plane, zusammengeknüllt auf der Ladefläche von Carls Landrover gesehen zu haben. Ich beschloss, sie zu holen, und während ich das Haupthaus verließ und in der Dunkelheit auf den Torweg zusteuerte, redete ich mir ein, dass ich das tat, um einfach noch irgendetwas, ganz egal wie Unsinniges, für Stefan zu tun, und nicht etwa, weil ich auf einen Aus-den-Augen-aus-dem-Sinn-Effekt hoffte, wenn ich seinen toten Körper bestmöglich damit verdeckte.

Ich hatte mich nicht getäuscht: Tatsächlich musste ich nicht lange suchen, bis ich das gefunden hatte, was ich – zusammengerollt, wie es war, und außerdem im Finstern – nicht eindeutig hatte identifizieren können, von dem ich mir aber während des Rückweges anhand seines Gewichts und der Beschaffenheit des Stoffes ausrechnete, dass es ausgerollt bestimmt drei oder vier Leichen verdecken konnte. Zufällig stellte ich bei dieser Gelegenheit auch fest, dass Kopfrechnen eine sehr ablenkende und deshalb beruhigende Wirkung hat – besonders dann, wenn man so schlecht darin ist wie ich. Während ich, zurück im Haupthaus, die Plane, ein schmuddeliges, hier und da bereits Schimmel ansetzendes und im geschlossenen Raum entsprechend übel riechendes Zelttuch, über dem Leichnam des Bodybuilders ausbreitete, befasste ich mich in Gedanken intensiv mit der Wurzel aus siebenunddreißigeinhalb. Und gerade als ich eine gute Idee für einen möglichen Rechenweg hatte, zog etwas meine Aufmerksamkeit auf sich: ein aufgedrucktes schwarzes Naziemblem, das erst sichtbar wurde, als ich die dunkelgrüne Plane fast vollständig über Stefan gebreitet hatte, und das bis dahin von einem ebenfalls aufgedruckten Wappenschild verdeckt gewesen war. Ich vergaß das Kopfrechnen und rieb mir fröstelnd die Oberarme. Wo zum Teufel war ich hier gelandet? Wer hatte sich an dieser Schule herumgetrieben? (Hatte? Obwohl ich mich nach wie vor weigerte, an Ellens wahnwitzige Theorie zu glauben, betete ich, dass ich die Zeitform instinktiv und nicht bloß zu meiner Beruhigung richtig gewählt hatte.) Und was hatte derjenige hier getrieben? Ob hier wirklich Menschen gezüchtet worden waren?

Ich bedeckte Stefans nackte Füße mit der Plane und erlegte mir, während ich mich aufrichtete, eine neue, etwas einfachere, aber umso langwierigere Rechenaufgabe auf. Ich wollte nicht wirklich wissen, was sich in der Vergangenheit hier zugetragen hatte; die gegenwärtigen Probleme in diesem Gemäuer reichten mir vollkommen aus.

Ich wandte mich von dem Toten ab und setzte dazu an, zur Küche zurückzugehen, als mich plötzlich ein seltsames Gefühl beschlich. Im ersten Augenblick war es nur eines von vielen, die ich nicht zuordnen konnte und wollte und vor denen ich mich hinter den Zahlenkolonnen vor meinem inneren Auge zu verstecken versuchte: ein leichtes Kribbeln unter den Fußsohlen, das ich für die Dauer eines Lidschlags erschrocken für die Vorankündigung eines neuerlichen Ohnmachtsanfalles hielt, obwohl es keinen Grund gab, das Bewusstsein zu verlieren. Ich hatte nicht einmal mehr leichte Kopfschmerzen, was ich jetzt, da es mir gerade bewusst wurde, dankend begrüßte. Aber es war kein betäubtes Kribbeln, sondern überhaupt nichts, was seine Ursache in meiner körperlichen Verfassung fand.

Der Boden unter meinen Füßen vibrierte! Die Vibration, die das Jahrhunderte alte Gemäuer durchlief, als sei irgendwo tief im Fels unter mir verborgen eine mächtige Maschine angeworfen worden, dauerte weder lange an, noch war sie besonders stark. Zwei, drei Sekunden vergingen, in denen ich unschlüssig auf meine Füße hinabstarrte und nicht wusste, welchen Reim ich mir darauf machen und wie ich reagieren sollte, als sich plötzlich mehrere kleine, aber zweifellos echte Putzstücke von der Decke über mir lösten und dicht gefolgt von einer kleinen Menge feinporigem Staub auf den Boden hinabfielen. Sie kullerten ein Stück weiter, ehe sie, durch die Vibration sachte zitternd, vor meinen Fußspitzen liegen blieben. Ein ungewöhnliches, aber nicht unangenehmes Gefühl breitete sich in meinem Körper, ganz besonders in der Magengegend, aus. Es war, als stünde ich vor der Bassbox einer gewaltigen Lautsprecheranlage, aus der die Klänge gleich mehrerer Bässe mein Innerstes vibrieren ließen – ein vertrautes, warmes Gefühl, das mich in meiner Jugend und als junger Erwachsener zum

Open-Air- und Konzerthallen-Junkie hatte werden lassen, immer lange vor Einlass schon vor den Toren wartend, um garantiert einen Platz dicht an den Boxen in den ersten Reihen zu bekommen. Ich hatte die Vibration der Bässe immer geliebt und ließ auch heute noch keine Gelegenheit aus, meine Trommelfelle und die Nerven meiner Nachbarn mit meiner bescheidenen (aber ausgesprochen lauten) Stereoanlage auf die Zerreißprobe zu stellen. Daher genoss ich trotz aller durch mein Unwissen um die Ursache des Bebens ausgelösten Angst diesen seltsamen Augenblick, diese Erschütterung, die durch Mark und Bein ging. Das hier war ähnlich dem dezibelintensiven Gedröhn, vor dem mein Ohrenarzt mich regelmäßig eindringlich warnte – nur noch wesentlich intensiver ...

Das Hochgefühl dauerte kaum länger als ein paar Atemzüge, die mir wie Minuten vorkamen, in denen ich nur dastand und mich auf das wohlige Kribbeln konzentrierte, das alle meine Organe wie eine innere Massage verwöhnte und mich mit dem Verlauf von Nervensträngen vertraut machte, von denen ich nicht einmal geahnt hatte, das es sie gab. Ich wäre enttäuscht gewesen, als es plötzlich wieder vorbei war, wenn ich denn in der Lage gewesen wäre, noch irgendetwas Negatives zu empfinden. Aber das war ich nicht. Ich hätte ganze Stunden damit verbringen können, einfach nur den Reaktionen meines Körpers zu folgen und sie zu genießen, aber als das Beben verschwand, fühlte ich mich von einer inneren Wärme erfüllt, spürte ein emotionales Gleichgewicht, das etwas Unbehagliches wie zum Beispiel Unzufriedenheit oder Bedauern einfach nicht zuließ.

Ich fühlte mich gestärkt und gegen alle denkbaren physischen wie psychischen Attentate, die diese Nacht noch für mich bereithalten mochte, bestens gewappnet, erfüllt mit Ruhe ohne Trägheit und Gelassenheit ohne Resignation. Mit einem erleichterten Seufzen und zufriedenen Lächeln steuerte ich auf die Küche zu, als ich plötzlich ein leises, rhythmisches Geräusch von der Treppe her vernahm, die in die Empfangshalle hinabführte: Schritte. Ich wandte mich um und für einen kurzen Augenblick sah ich Miriam, die sich unsicher am Geländer festhielt und mit kindlich-ängstlichem Blick durch die Dunkelheit zu mir hinuntertastete. Ich zweifelte nicht daran, dass ihr Erscheinen Realität war; das warme, bedingungslos zufriedene Gefühl in meinem Bauch ließ auch für Zweifel keinen Platz. Ich trat einen Schritt durch das, was ich für *unserer beider* Wirklichkeit hielt, gewillt, ihr die Hand zu reichen, ihr zu helfen, ihre Furcht (wovor fürchtete sie sich eigentlich? Wir waren allein. Selbstverständlich waren wir das) zu überwinden, sie vielleicht sogar in den Arm zu nehmen und zu trösten.

Aber sie verschwand, kaum dass ich anderthalb Schritte hinter mich gebracht hatte. Mit ihr verschwand alles, was die mysteriöse Vibration der Wände und der Decke in mir ausgelöst hatte, und dafür kehrten alle Eindrücke, Bedürfnisse, Ängste und Gedanken, die ich kein wenig vermisst hatte, an ihren Platz zurück. Und als sei das nicht schon schlimm genug, als risse mich dieser brutale Entzug nicht schon in ausreichend kleine Stücke, tauchte auf der Treppe, wo zuletzt Miriam gestanden hatte, kaum dass das Bild des dunkelhaarigen Mädchens sich vor meinen Augen aufgelöst hatte, jemand anders auf: Maria.

Sie verharrte mitten im Schritt, als sie mich sah, und blickte mir einen Moment lang erst erschrocken, dann unsicher entgegen, ehe sie weiterging. Unter dem Arm trug sie einen ganzen Stapel dicker, staubiger Bücher.

»Hallo, Frank«, sagte sie, als sie sich schließlich den deutlich sichtbaren Ruck gegeben hatte, den es eine unsichere Persönlichkeit wie sie anscheinend kostete, etwas so Einfaches, Selbstverständliches wie einen Gruß auszusprechen. »Ich bin froh, dass ich dich hier treffe.«

Der Klang ihrer Worte strafte sie Lügen, aber ich sagte nichts und nahm es ihr auch nicht übel. Es war nur eine höfliche Floskel, aber damit übertraf mich die kleine graue Maus in diesen Sekunden trotzdem in der Disziplin Selbstüberwindung bei weitem. Ich für meinen Teil war auf einmal weder willens noch fähig, einen weiteren Schritt in ihre Richtung zu machen und ein Wort der Höflichkeit, die man mir irgendwann einmal anerzogen hatte, über die Lippen zu zwingen. Es war unfair und vollkommen absurd, aber auf einmal empfand ich einen maßlosen Hass auf sie, wie ich ihn noch nie für irgendjemand verspürt hatte. Gleichzeitig meldeten sich in diesem Moment meine Kopfschmerzen mit einem leichten Stechen in meinen Schläfen zurück – zwar noch lange nicht schmerzhaft, aber zweifelsfrei voller brennendem Tatendrang –, und so machte ich Maria ungerechtfertigterweise sowohl für meine Aussicht auf eine neuerliche Migräneattacke als auch für den plötzlichen Rückzug dieses seltsamen, nahezu utopisch schönen Gefühls und vor allen Dingen für Miriams Verschwinden verantwortlich.

Kurz: Sie war schuld, dass die Realität mich eingeholt hatte. Sie war sogar schuld, dass es sie *gab*. So gesehen war es nur höflich, dass ich ihren Gruß nicht erwiderte. Ich hätte ihn wohl zwanghaft zusammen mit einer ganzen Salve von wütenden Beleidigungen auf die Reise geschickt.

Maria legte die restlichen Stufen ins Erdgeschoss und durch den Flur zu mir in ihrer eigenartigen tippelnden Gangart zurück, wobei sie ihre Schritte beschleunigte, je weiter sie sich mir näherte. »Ich hatte dich für jemand anderen gehalten«, erklärte sie in entschuldigendem, langsam an Sicherheit gewinnendem Tonfall und deutete mit der freien Hand auf den Bücherstapel, den sie mit sich trug. »Ich habe etwas herausgefunden«, sagte sie und merkte dabei nicht, wie ich die Hände in den Taschen meiner Jeans verschwinden ließ und sie zu Fäusten ballte, die ich nur mühsam im Zaum halten konnte. Ich wandte mich um und ging weiter Richtung Küche, damit sie nicht sah, wie ich die Augen schloss und ein paarmal bewusst langsam und tief ein- und ausatmete, um meine plötzliche Aggression nicht wie an einem Sandsack an ihr abzureagieren. »Ich glaube, ich bin der Lösung des Rätsels auf der Spur.«

Ich sagte nichts. Als wir die Küche erreichten, ließ ich ihr den Vortritt, um meine Hände in sicherem Gewahrsam ruhen lassen zu können, während sie die Tür öffnete. Mir war wirklich nicht nach Rätselraten, Schatzsuchen oder sonstigem albernen Zeitvertreib. Wir waren drauf und dran, uns wie eine Gruppe Schulkids zu verhalten, die sich die

Zeit in der Jugendherberge mit der Suche nach dem sagenumwobenen Herbergsgeist versüßt. Ich hatte genug Probleme mit mir selbst und keine Lust, mich noch tiefer in einen Irrgarten der Eventualitäten ziehen zu lassen. (Was geschah hier nur mit mir? Was passierte mit meinem *Charakter*?!)

»Es hängt alles irgendwie an Ed.« Maria war mit der Hand auf der Klinke stehen geblieben, blickte mich mit Verschwörermiene an und wartete eine peinliche Sekunde lang vergeblich darauf, dass ich mich in irgendeiner Form interessiert zeigte. Schließlich versuchte sie ihre Enttäuschung über meine mangelnde Neugier mit noch mehr Geheimniskrämerei und einer Körperhaltung zu überspielen, die mir wohl vorgaukeln sollte, dass sie ohnehin nicht geplant hatte, mich in ihre vertraulichen Informationen einzuweihen. »Komm. Ich bin sicher, damit kommt alles ans Licht.« Sie drückte die Klinke herunter und schob mich vor sich her in die Küche.

Ich folgte ihr unwillig. Ich wollte allein sein, denn ich war inzwischen nicht einmal mehr auf Gesellschaft angewiesen, um einen heftigen Streit vom Zaun zu brechen. Dazu reichte ein Selbstgespräch. Ich hätte stundenlang mit mir über mich diskutieren können – über das, was ich war, ehe ich hierher gekommen war, über das, was ich in diesem Augenblick war, und über das, was ich möglicherweise sein würde, wenn ich diese Burg wieder verließ. Jedenfalls musste ich mich schwer in Acht nehmen und meine plötzlichen Launen und meinen Realitätsverlust schnell unter Kontrolle bekommen, sie am besten vollständig in den hintersten Winkel meines Hirns zurücktreiben, aus dem beides sich herausgeschlichen hatte. Aber ich hatte mich, wie mir erst jetzt bewusst wurde, einmal mehr für längere Zeit von den anderen abgesondert. Damit hatte ich mir sicher schon wieder ein paar weitere Scheffel Misstrauen verdient und ich konnte den Wortlaut, in dem Ed sich breit grinsend erkundigte, was ich denn so lange mit einem Toten in einer Halle oder gar mit der grauen Maus im Obergeschoss getrieben hätte, ziemlich genau vorstellen. Ich wollte es nicht auf die Spitze treiben, mich nicht zu sehr von der Gruppe absondern und mich damit nicht nur noch verdächtiger, sondern wahrscheinlich auch ziemlich einsam machen. Aber niemand sagte etwas, als wir eintraten und Maria die Tür hinter uns schloss. Ein bedrücktes, betretenes Schweigen, das nicht einmal Ed sich mit seiner großen Klappe anzutasten wagte, erfüllte den Raum.

Maria beeindruckte es hingegen kein bisschen. Zielsicher marschierte sie auf den Küchentisch zu und knallte die Bücher, die sie wohl im Obergeschoss gefunden hatte, mit Elan auf die Tischplatte, von der ich dankend zur Kenntnis nahm, dass einer der anderen sie gründlich vom Blut des toten Sportlers befreit hatte. Dann griff sie nach dem Fotostapel und zog eines der Bilder heraus: Klaus Sänger in seinem blütenweißen Laborkittel.

Ellen versteckte ihre Schwächen hinter einer Mauer von Arroganz, stellte ich fest. Maria hingegen trug ihre Verletzlichkeit ständig offen vor sich her und war nur dann in der Lage, sie kurzfristig abzulegen, wenn sie nach Kreide und Tafel greifen konnte, um einen Haufen dummer Schüler mit ihrem umfangreichen Wissen zu beeindrucken. Die Zielsicherheit ihrer Bewegungen machte mir unmissverständlich klar, dass uns wieder ein weiterer, unfreiwilliger Schnellkurs bevorstand. Ich unterdrückte nur mühsam ein Stöhnen und vergrub die Fäuste noch etwas tiefer in den Taschen. Ein kurzer, schmerzhafter Blitz zuckte hinter meiner Stirn auf und setzte sich in meinem Hinterkopf fest.

»Ich hab gleich gewusst, dass es mit diesem Bild etwas Besonderes auf sich hat.« Maria reichte das Foto mit einem siegessicheren Lächeln, das auf ihrem Gesicht vollkommen fehl am Platz, ja regelrecht entartet wirkte, an Judith weiter. »Es verrät, dass unser Wohltäter mehr war als nur ein Lehrer und Schulleiter.« Sie deutete auf einen zweiten Mann im Laborkittel, der auf dem Bild schräg hinter Sänger stand. »Darf ich vorstellen: Richard Krause.« Sie warf Ed einen vernichtenden Blick zu.

Ich konnte Eds Gesicht unter den Pflastern, mit denen Ellen es regelrecht hatte tapezieren müssen, kaum erkennen, was bisher aber keine große Einschränkung bedeutet hatte; die einzigen funktionsfähigen Muskeln, die seiner Visage Ausdruck verleihen konnten, schienen jene zu sein, die für das Zurückziehen der Mundwinkel und somit für das saublöde Grinsen, das er uns bei jeder möglichen Gelegenheit demonstrierte, verantwortlich waren. In diesem Moment aber verweigerten ihm selbst diese Gesichtsmuskeln ihren Dienst. Vielleicht täuschte ich mich, aber ich glaubte zu erkennen, wie die Haut zwischen all den Pflastern deutlich an Farbe verlor. Während ich Judiths, Ellens und Carls Reaktion entnahm, dass sie genau wie ich nicht die leiseste Ahnung hatten, wer Richard Krause war, was Maria uns damit eigentlich sagen wollte und ob es uns überhaupt interessierte, wirkte Ed überrascht und auch ein wenig betroffen. Für die Dauer einiger Lidschläge betrachtete er Maria stumm, dann wandte er wortlos den Blick ab und starrte an ihr vorbei ins Leere. Maria hatte mit wenigen Worten geschafft, was ich nie für möglich gehalten hätte: Sie hatte dafür gesorgt, dass es Ed die Sprache verschlug – was auch immer *es* denn nun sein mochte.

Obwohl ich eigentlich keine Lust auf eine weitere Nachhilfestunde in NS-Geschichte gehabt hatte, beobachtete ich nun – durch Eds ungewohnte Reaktion neugierig geworden –, wie Maria ein weiteres Buch vom Küchentisch nahm und es bei einer Seite aufschlug, die sie vorsorglich mit einem Eselsohr versehen hatte. Darauf prangte ein Schwarzweißfoto eines jungen Mannes in einer Uniform, der mit keck sitzender Uniformmütze und fröhlichem Gewinnerlächeln an der Theke eines Fotogeschäfts lehnte. Ohne den deutlich zu erkennenden Totenkopf der SS auf dem Kragenspiegel hätte der Mann zweifellos einen nicht unsympathischen Siegertypen abgegeben. So aber wirkte er ein bisschen wie eine Karikatur seiner selbst.

»Darf ich vorstellen.« Maria präsentierte uns das Foto mit einer Geste, die ich bislang nur aus besonders teuren Restaurants kannte, in denen der Kellner einen sündhaft teuren Wein an den Tisch bringt – sprich: nur aus dem einen oder anderen Film. Aber der triumphierende Klang ihrer Stimme und dazu ihre unterwürfige Körperhaltung passten nicht zusammen. »Richard Krause«, erklärte sie. »Oder besser gesagt Sturmbannführer Richard Krause. 1932 in die NSDAP eingetreten und 1935 Mitglied der Allgemeinen SS geworden. Er trägt diese Uniform aus Überzeugung. Sturmbannführer ist er ab 1943. Das ist die Zeit, in der er in besonderer Mission in Polen, der Ukraine und in Weißrussland unterwegs ist. Und jetzt schaut euch diesen blonden, blauäugigen Musterarier mal genauer an! Fällt euch was auf?«

Sie warf ein gewinnendes Lächeln in die Runde, das mir nicht gefiel. Vorhin in der Eingangshalle hatte ich einen plötzlichen, völlig ungerechtfertigten Hass auf sie empfunden, den ich noch immer nicht ganz hatte ablegen können, obwohl die komplexe Maschinerie hinter meiner Stirn, die mir wohl für eine kurze Weile ihren uneingeschränkten Dienst verweigert hatte, wieder lief, seit ich die Küche betreten hatte. Zu diesem Rest ungerechtfertigter Wut auf Maria gesellte sich nun zusätzlich eine meiner Meinung nach vollkommen gerechtfertigte, rational erklärbare Abneigung: Ihre Haltung, ihr Tonfall und ihre Mimik wirkten regelrecht boshaft. Ein weiterer, vergewissernder Blick auf das Foto in dem aufgeschlagenen Buch, das sie noch immer in die Runde hielt, bestätigte mir, dass ich mich nicht getäuscht hatte: Sturmbannführer Krause war Ed wie aus dem Gesicht geschnitten.

Carl stieß einen leisen Pfiff aus und bedachte Ed mit einem Grinsen, das nur unwesentlich bösartiger war als der Blick, mit dem Maria Ed aus den Augenwinkeln maß, dafür aber völlig unverhohlen. »So etwas würde also heute regieren, wenn wir damals den Krieg gewonnen hätten«, spottete er mit einer angedeuteten Verbeugung. »Ich bin wirklich hoch erfreut, einmal einem leibhaftigen Sprössling der Herrenrasse zu begegnen.«

Ed zuckte deutlich zusammen, sagte aber nichts. Ich sah, wie Marias Augen dabei einen noch freudigeren Glanz bekamen. Sie genoss es, Ed in Verlegenheit zu bringen, und schien zufrieden darüber, dass ihre Strategie zu diesem Zweck allem Anschein nach aufging. »Du hast dich nicht mit deinem Nachnamen vorgestellt, als wir uns in der ›Taube‹ getroffen haben«, legte sie nach. »Hast du was zu verbergen?« Sie legte das Buch neben dem noch immer schweigenden Ed auf dem Tisch ab, verschränkte die Arme vor der Brust und hob herablassend eine Braue. »Was zu verbergen liegt bei euch sicher in der Familie«, vermutete sie.

Ed wandte sich ihr nur langsam wieder zu und blickte sie mit völlig ausdruckslosem Gesicht an. »Niemand hat sich mit Nachnamen vorgestellt«, antwortete er schließlich tonlos.

Das war nicht wahr. Zumindest ich, dessen war ich mir sicher, hatte mich den anderen sehr wohl mit vollem Namen vorgestellt. Bei den anderen war ich mir nicht sicher, sie waren lange vor mir da gewesen. Mein Blick wanderte unsicher zwischen dem Foto und Ed hin und her. Maria hatte Recht: Die Ähnlichkeit zwischen unserem verletzten Gefährten und dem SS-Mann in dem in Leder gebundenen dicken Wälzer war verblüffend, nahezu unheimlich. Aber sie konnte trotzdem Zufall sein. Ed aufgrund eines derart fragwürdigen Indizes vorzuverurteilen war nicht fair – man musste ihn nicht mögen, um zu diesem Schluss zu kommen.

»Heißt du Krause?«, hakte Ellen schließlich sachlich kühl nach.

Ed zuckte erneut zusammen. Er warf Maria einen fast flehenden Blick zu. Dann starrte er wieder an ihr vorbei ins Leere und nickte langsam. Kein Laut kam über seine Lippen, kein dummer Spruch und kein Aufbegehren. Ihn so zu sehen traf mich fast so sehr wie Ellens Tränen, als er sie mit ihrem angeblichen Versagen konfrontiert hatte. Binnen weniger Augenblicke war der sonst so vorlaute, um keine blöde Antwort verlegene Ed zu einem jämmerlichen kleinen Käfer mutiert, der Auge in Auge mit einem übermächtigen Feind totes Insekt spielte und reglos mit angehaltenem Atem darauf wartete, dass man von ihm ablassen möge. Er wirkte irgendwie ... gebrochen.

Ed hatte Maria bloßgestellt, indem er ihr gemeinsames Abenteuer im Schlafraum ausgeplaudert hatte – nun startete sie ganz offensichtlich einen Rachefeldzug der übelsten Sorte. Sie hatte es auf seine wundesten Punkte abgesehen und zumindest einen davon hatte sie gerade getroffen, was sie mit einem sadistischen Funkeln im Blick feierte. Meine Lust, sie zu schlagen, flammte erneut auf. Gut: Ed hatte sie verletzt und meinetwegen sollte sie sich dafür rächen, indem sie über seine Lieblingsstellung oder seinen Mundgeruch plauderte. Aber es war nicht gerecht, ihn für etwas verantwortlich zu machen, was er nicht getan hatte, womit er überhaupt nichts zu tun haben *konnte*, weil er nämlich noch nicht einmal das Licht der Welt erblickt hatte, als irgendjemand an den größten Verbrechen der Menschheitsgeschichte beteiligt gewesen war und anschließend ungünstigerweise ausgerechnet mit seiner Großmutter geschlafen hatte. Obwohl ihm die Unsinnigkeit von Marias unausgesprochenem Vorwurf klar sein und er entsprechend kontern müsste, sackte Ed mutlos in sich zusammen.

Ellen wandte sich wieder Maria zu, ohne Eds wortloses Geständnis zu kommentieren. »Und was hat diese Nazigeschichte mit unseren Problemen zu tun?«, fragte sie kühl.

Maria maß erst die Ärztin, dann alle anderen mit einem Blick, der uns wissen ließ, dass sie uns nicht nur für ungebildet, sondern mittlerweile auch für ausgesprochen schwer von Begriff hielt. »Seid ihr denn alle blind?«, fragte sie fassungslos. »Hier auf Crailsfelden sind im Dritten Reich merkwürdige Umbauten vorgenommen worden. Irgendwo in den Kellern haben Wissenschaftler an weiß der Henker was geforscht. Wissenschaftler, zu denen SS-Offiziere gehörten. Und jetzt sitzen wir hier und du selbst erzählst uns, dass du dich wie eine Laborratte fühlst, Ellen. Und wer sitzt mitten unter uns und schaut sich alles an?« Sie deutete mit dem Zeigefinger auf Ed. »Der Enkel von einem der Naziforscher. Das kann doch kein Zufall sein! Dann gibt es einen Mord. Und was steckt in Stefans Rücken? Ein Nazidolch«, schloss sie.

»Und diesem Enkel fällt das Gittertor auf den Kopf und er hat verdammtes Schwein gehabt, dass er das überlebt hat«, lachte Judith, ohne wirklich amüsiert zu klingen. »Das passt doch hinten und vorne nicht zusammen, was du dir da zurechtspinnst!«

Maria reckte trotzig das Kinn. »Ed hat doch vorhin noch erklärt, dass er sich stark genug fühlt, um aufzustehen«, gab sie zurück. »Vielleicht hat er auch seinen Kumpel, den Nazigoldgräber Carl, losgeschickt, um Stefan zu ermorden, wer weiß das schon so genau. Das hier stinkt doch alles zum Himmel!«

Sie hatte es darauf abgesehen, uns gegen Ed aufzuhetzen, zumindest aber unser Misstrauen ihm gegenüber zu schüren, daran hatte ich längst keinen Zweifel mehr. Im Ansatz war ihre Strategie auch gar nicht so übel gewesen – wenigstens Carl hatte zu ihrer Zufriedenheit reagiert und Judith, Ellen und ich hatten ihr zumindest zugehört, als sie ihren Vortrag über Eds Großvater heruntergerasselt hatte. Aber mit ihren letzten Sätzen hatte sie das Maß schlichtweg überfüllt. Damit hatte sie nun nicht nur Carl gegen sich aufgebracht, sondern auch alle anderen, denn ihre zu weit hergeholten Spekulationen und ihre unverhältnismäßige Emotionalität hatten den eigentlichen Zweck ihres Auftrittes offenbart.

Ellen ließ sich stöhnend auf einen der Plastikstühle plumpsen, verdrehte genervt die Augen, griff nach ihrer Zigarettenschachtel und zog eine Grimasse, als sie feststellte, dass sie ihren letzten Tabakvorrat restlos aufgebraucht hatte. »Nur zur Info, Kleine«, seufzte sie, zerknüllte die leere Schachtel und schleuderte sie gereizt Richtung Papierkorb, traf ihn aber nicht. »Der Krieg ist seit mehr als fünfzig Jahren vorbei und abgesehen von ein paar spinnerten Glatzköpfen gibt es keine Nazis mehr.«

»Schon mal was von der ODESSA gehört?« Maria bemühte sich wieder um ihren althergebrachten, belehrenden Tonfall, mit dem sie so zielsicher erreichte, dass sich ihr Gegenüber wie ein Sonderschüler auf einer Abifeier fühlte. »Der Organisation der ehemaligen SS-Angehörigen? Habt ihr eine Ahnung, wie viele überzeugte Nazis nach dem Krieg Richter, Politiker, erfolgreiche Wissenschaftler und Wirtschaftsbosse geworden sind? Dieses Dreckspack hält zusammen wie Pech und Schwefel.«

»Uuuuh!«, stieß Judith hervor, wobei sie sich schützend die Hände vors Gesicht hielt und eine geduckte Haltung einnahm, als spiele sie in einem billigen Horrorstreifen und fürchte sich gerade vor dem Pappmaché-Ungeheuer auf einem Rollbrett, das ein keuchender Filmpraktikant langsam näher schob. Unter anderen Umständen und mit besserer Laune hätte ich wahrscheinlich über ihren Anblick gelacht. »Unsere Republik wird von einem gemeingefährlichen Rentnerclub mit Durchschnittsalter über achtzig bedroht«, spottete sie. »Und die haben uns hier auf die Burg gelockt, weil sie ein paar Pornofilme von uns drehen wollen, und jetzt legen sie uns um, damit wir es nicht weitererzählen. Ich bin wirklich beeindruckt von deinem Scharfsinn.«

»Was hat denn Eds Opa für Verbrechen begangen?«, fragte Ellen, ohne dabei wirklich interessiert zu klingen. Wahrscheinlich sagte sie überhaupt nur irgendetwas, um sich von der leeren Zigarettenschachtel auf dem Fußboden abzulenken, die sie mit zwischen Bedauern und Frustration schwankendem Ausdruck auf dem Gesicht betrachtete.

Ich konnte nachvollziehen, wie sie sich fühlte. In all der Aufregung hatte ich zwischenzeitlich fast vergessen, dass ich Raucher war, aber der Anblick der leeren Packung machte auch mich nervös und rief in mir das Bedürfnis nach Teer und Nikotin wieder wach. Falls auch Judith keine Zigaretten mehr hatte, sah ich schwarz für den Rest der Nacht.

»Die SS wurde von den Alliierten als verbrecherische Vereinigung eingestuft und ihre Verbrechen stehen ja wohl außer Frage«, antwortete Maria naserümpfend.

»Mein Opa war kein Verbrecher«, meldete sich Ed endlich leise zu Wort. Es kostete ihn deutliche Überwindung, überhaupt etwas zu sagen. Seine Stimme klang erstickt und der glasige Blick, mit dem er noch immer an Maria vorbei ins Leere starrte, verriet, dass er die Tränen nur mühsam zurückhielt. »Er hat sich um mich gekümmert. Meine Eltern sind früh gestorben. Ich bin von einem Internat ins nächste gereicht worden und in den Ferien war ich immer bei ihm. Kein anderer Mensch war so gut zu mir wie er.«

Bis zu diesem Zeitpunkt hatte Ed mir beinahe Leid getan, obwohl ich ihn von allen Mitgliedern meiner neuen Verwandtschaft am wenigstens hatte ausstehen können. Doch in den vergangenen Minuten hatte Maria intensiv darauf hingearbeitet, seinen Platz an erster Stelle auf meiner Hassliste für sich zu erobern; mit seinem Gefühlsausbruch gab Ed ihn endgültig für sie frei.

Ich verstand, was er meinte – besser, als mir lieb gewesen wäre. Ich hatte mir angewöhnt, nie weiter als bis zu meinem achtzehnten Lebensjahr zurückzudenken, wenn ich über mich selbst nachdachte oder redete. Auch meine Eltern waren gestorben, als ich noch klein gewesen war, und genau wie Ed war auch ich von Internat zu Internat gereicht worden. Aber ich hatte keine Verwandten, die sich wenigstens ein bisschen um mich hätten kümmern können. Ich war mit meinem Kinderkoffer und meiner Schultasche von einer Schule zur nächsten gezogen und hatte immerfort das erniedrigende Gefühl mit mir herumgeschleppt, von niemandem gewollt zu werden und zu nichts anderem zu gebrauchen zu sein, als ein paar Lehrer und einen Vormund zu beschäftigen, den ich nie persönlich kennen gelernt hatte. Seine Bestimmung bestand wohl ausschließlich darin, mich auf Distanz zu halten und dabei das kümmerliche Erbe durchzubringen, das meine Eltern mir hinterlassen hatten. Als ich mein Abitur in der Tasche hatte, war von dem Geld nichts mehr übrig.

Ich verstand nicht nur, wie Ed sich fühlte, ich konnte es sogar anhand meiner eigenen Lebenserfahrung nachvollziehen. Ich hätte in meiner Kindheit dringend jemanden gebraucht, den ich in den Ferien besuchen konnte und der für mich da war. Ganz egal, in welcher Uniform dieser Jemand irgendwann einmal gesteckt haben mochte. Ed tat mir Leid. Ich begann ihn mit anderen Augen zu sehen als bisher.

»Dein Großvater gehörte zum Amt A in der Dienststelle Persönlicher Stab Reichsführer SS.« Maria gab nicht auf. Ihr Tonfall war der des ultimativen Vorwurfs. Ich konnte sie nicht mehr ertragen.

»Willst du nicht gleich chinesisch mit uns reden, Klugscheißerin?«, entfuhr es mir wütend. Meine Finger tasteten nach dem Innenfutter meiner Jeanstaschen und krallten sich darin zu geballten Fäusten fest. Alle Muskeln in meinem Körper spannten sich. Wenn ich mich nicht in Acht nahm, würde ich etwas tun, was ich noch nie in meinem Leben getan hatte, und eine Frau schlagen, was ich mir wahrscheinlich nie verzeihen würde. »Was soll das bedeuten?«, schnaubte ich.

Maria verdrehte seufzend die Augen, um mich endgültig und zweifelsfrei von meiner peinlichen Unwissenheit zu überzeugen. Aber ich schämte mich nicht wegen meiner vermeintlichen Bildungslücke (es gab sicherlich spannendere Themen, mit denen ich mein Potential ausschöpfen könnte) und so überzeugte sie mich lediglich von der Grenzenlosigkeit ihrer Arroganz.

»Im Amt A ist 1942 die *Studiengesellschaft für Geistesgeschichte Deutsches Ahnenerbe* aufgegangen. Diese Studiengesellschaft hat alle möglichen Forschungsprojekte gefördert. Angefangen von irgendwelchen verrückten Esoterikern, die dem Ring der Nibelungen nachspüren wollten, bis hin zu verbrecherischen Ärzten wie Sigmund Rascher, die in den Konzentrationslagern Menschenversuche durchgeführt haben.« Sie deutete erneut auf das Buch, das sie noch immer wie eine Trophäe vor sich herhielt. »Hier drinnen gibt es eine ganze Seite über Sturmbannführer Richard Krause. Allerdings steht da nur, dass er die eroberten Ostgebiete im Dienste des Amtes A bereist hat. Was, glaubst du, hat er da gemacht, Ed?«

»Mein Großvater war kein Verbrecher«, beharrte Ed kraftlos, aber stur. Die Erinnerungen an seine Kindheit und Marias Angriff auf den einzigen Menschen, den er in seinem Leben geliebt hatte, hatten nichts als ein jämmerliches Häufchen Elend zurückgelassen.

Maria genoss ihre Überlegenheit. Sie war wie ein

Hooligan, der mit Springerstiefeln nach einem am Boden Liegenden trat. »Natürlich nicht«, sagte sie gehässig. »Er war bestimmt ein netter Kerl, der im Dienste der Völkerverständigung als SS-Offizier herumreiste.«

Meine Kopfschmerzen waren für die Dauer einiger Minuten konstant auf einem nervigen, aber noch erträglichen Niveau geblieben. Nun aber spürte ich, wie ein weiterer schmerzhafter Blitz seine Reise von den Schläfen aus durch meinen Schädel antrat und damit eine Woge dumpfen Schmerzes auslöste, die für eine Weile bunte Punkte vor meinen Augen flimmern ließ. Der unbändige Hass, den ich in der Empfangshalle auf Maria verspürt hatte, als ich sie nach dem seltsamen Feentanz meines Bewusstseins für die erzwungene Rückkehr in die Realität verantwortlich gemacht hatte, schäumte erneut in mir auf.

Ich riss ihr das Buch aus der Hand und schleuderte es zornig in eine Ecke. »Das reicht!«, brüllte ich. »Du bist niemandes Richterin, auch wenn du dir noch so sehr in dieser Rolle gefällst!«

Maria zuckte erschrocken zusammen und wich gleichzeitig einen Schritt vor mir zurück, als hätte ich sie geschlagen oder als sähe ich zumindest so aus, als ob ich es gleich tun wollte. Und ich war mir gar nicht so sicher, dass ich es nicht wollte.

Judith nahm mir die Entscheidung ab, indem sie sich schnell so zwischen uns stellte, dass ich keine Möglichkeit gehabt hätte, Maria etwas anzutun, ohne dabei erst Judith zu verletzen. »Ich schlage vor, wir gehen alle an die frische Luft und regen uns draußen ein bisschen ab«, sagte sie ruhig, aber bestimmt.

Ausnahmsweise schien sie damit einer Meinung mit Ellen zu sein, denn diese erhob sich zügig von ihrem Stuhl, hakte sich energisch bei Maria unter und schob sie vor sich her aus der Küche wie ein ungezogenes Kind, dem sie vor der Tür die Leviten lesen wollte. Maria wehrte sich nicht. Mein Wutausbruch hatte sie aus dem Konzept gebracht und in die Rolle des unsicheren grauen Mäuschens zurückgeworfen, das Widerspruch und Aufbegehren nie gelernt zu haben schien. Judith schloss sich den beiden an, und weil ich fand, dass sie Recht hatten und ein wenig frische Luft mir wirklich nicht schaden konnte, folgte ich ihr, blieb aber zwischen Tür und Rahmen noch einmal stehen und blickte zu Ed und Carl zurück. Ed kauerte noch immer wie ein getretener Hund auf seinem Platz und starrte aus trüben Augen ins Leere, während Carl weiterhin an der Küchenwand gelehnt dastand und überhaupt nichts tat, was auf seine Gefühlslage hätte schließen können.

Ich verließ die Küche, durchquerte die Eingangshalle und trat zu den drei Frauen auf den Hof hinaus. Mit einem Anflug der Erleichterung stellte ich fest, dass Judith noch Zigaretten übrig hatte. Sie bot Ellen und mir davon an, nachdem sie sich selbst eine angesteckt und tief inhaliert hatte. Ich nahm ihr Angebot dankbar an und genoss die beruhigende Wirkung des Qualms in meiner Lunge, für die ich die dadurch noch zunehmenden Kopfschmerzen in Kauf nahm.

»Wenn Eds Großvater tatsächlich –«, begann Maria vorsichtig, nachdem wir alle eine kleine Weile schweigend auf dem Hof gestanden und aneinander vorbei in die Dunkelheit geblickt hatten, wurde aber barsch von Ellen unterbrochen.

»Und wenn meine Uroma Hitlers Hebamme war, was habe ich damit zu tun?«, fuhr sie Maria an. »Es spielt überhaupt keine Rolle und es interessiert hier auch niemanden, hast du verstanden? Du solltest dich zurückhalten, ehe einer von uns anfängt, sich dafür zu interessieren, woher du eigentlich so genau Bescheid weißt, Fräulein Nachkriegsarchiv. Dein Detailwissen übertrifft nämlich den kollektiven Wissensstand jeder Burschenschaft.«

Maria wich erschrocken vor ihr zurück. Dann senkte sie den Kopf und hüllte sich für den Rest unseres Kurztrips auf den Hof in ängstliches Schweigen. Auch Ellen und Judith zogen es vor, erst einmal nichts mehr zu sagen, und ich entschuldigte mich knapp und nutzte den Augenblick, um den beiden in Sichtweite den Rücken zuzudrehen und gegen die Fassade des Haupthauses zu pinkeln, ehe mir der Druck auf meiner Blase irgendwann noch so zum Verhängnis werden konnte, wie es bei Maria der Fall gewesen war, als sie die Toiletten im Obergeschoss aufgesucht hatte.

Vorausgesetzt, sie hatte die Wahrheit gesagt.

Die Blutspur, die Stefan auf seinen letzten Schritten hinterlassen hatte, endete kurz vor Ende der Empfangshalle. Entweder hatte sein Mörder oder seine Mörderin ihn, erst einen kurzen Moment nachdem er den Eingang zum Haupthaus passiert hatte, erwischt – und das war wahrscheinlicher, denn keiner von uns hatte einen Schrei oder gar Kampflärm vernommen, ehe der Bodybuilder zu uns in die Küche gestolpert war – oder das Blut war erst einige Zeit später in einem Schwall aus der mit der Stichwaffe verschlossenen Wunde gequollen und hatte ab da seinen Weg in einer sichtbaren Spur markiert. Damit schwand eine weitere minimale Chance für uns, einen zweiten Ausgang aus diesem Horrorhaus zu finden und von hier fliehen zu können – eine Tatsache, die das Schweigen, das Judith, Maria, Ellen und ich vom Hof zurück in die Küche trugen und nur zwecks dieser Feststellung in der Empfangshalle kurz unterbrachen, gleich in eine zweite, noch länger andauernde und noch unangenehmere Runde starten ließ.

Letztlich war es Ellen, die es beendete, indem sie auf die Fotos deutete, die auf dem Küchentisch lagen. »Woher hast du die eigentlich?«, fragte sie.

»Aus dem Lehrerhaus.« Ich war nicht sicher, ob ich das nicht schon erzählt hatte, berichtete aber trotzdem von meinem Ausflug in das baufällige Nebengebäude und von dem Schreibtisch mit dem Geheimfach, in dem ich auf die Bilder gestoßen war. Wieder ließ ich meinen Ohnmachtsanfall aus. Das allgemeine Misstrauen konzentrierte sich zwar mittlerweile nicht mehr auf mich, war aber immer noch stark genug, so dass ich jedes Wort, das ich aussprach, mehrfach überdachte und auf die Goldwaage legte.

Ich hatte die abgeschlossenen Schubladen des antiken Möbelstücks nur nebenbei erwähnt, denn ich hielt sie für nicht sonderlich wichtig; die Wahrscheinlichkeit, darin auf eine staubige Öllampe zu stoßen, aus der ein Geist erscheinen würde, der unseren sehnlichen Wunsch nach einem Ausgang aus diesem Gemäuer erfüllte und uns eine Autobahnauffahrt samt PKW ins Lehrerhaus zauberte, war eher gering. Ellen aber sah das wohl anders.

»Warum hast du uns nichts davon erzählt?« Sie griff nach der Taschenlampe und begann in der Küchenschublade nach einem geeigneten Werkzeug zu suchen. »Wir müssen die Schubladen aufbrechen. Vielleicht ...«

»Vielleicht was?«, seufzte Carl. Ich blickte ihn irritiert an. Er hatte das Reden im Laufe des Abends fast vollständig eingestellt – dass er sein Mundwerk gerade jetzt auf seine Funktionsfähigkeit hin überprüfte, machte mich misstrauisch und plötzlich auch neugierig auf den Inhalt der Schubladen. »Was glaubst du denn, was darin sein könnte? Seit Sängers Tod hat diesen Raum niemand mehr betreten. Wenn du Glück hast, findest du ein paar Familienfotos. Oder eine Flasche Klosterfrau Melissengeist und ein paar Eisenpräparate.«

»Lassen wir es darauf ankommen«, beschloss Ellen. »Ich für meinen Teil hatte heute Abend ohnehin nichts Wichtiges mehr vor. Wenn wir nichts finden, haben wir uns wenigstens für eine kleine Weile mit Sinnvollerem beschäftigt, als einander anzufeinden und Gefahr zu laufen, uns gegenseitig die Augen auszukratzen.«

»Ellen hat Recht«, pflichtete Judith der Ärztin bei und warf einen stirnrunzelnden Blick in die Runde. »Aber wir sollten zusammen gehen. Sollte der Mörder tatsächlich unter uns sein, bekommt er so keine Gelegenheit, noch einmal zuzuschlagen, ohne dass wir ihn dabei erwischen.«

»Ed kann nicht mitkommen«, stellte Ellen fest.

»Aber er scheidet ohnehin aus der Liste der Verdächtigen aus.«

»Ach ja?«, machte Maria. »Warum? Er hat eben selbst gesagt, dass er –«

»Nicht schon wieder!« Die Ärztin stöhnte, denn sie fürchtete, dass sich die ganze Diskussion aufs Neue anbahnen könnte, und warf einen Hilfe suchenden Blick Richtung Küchendecke, ehe sie schließlich tief ein- und ausatmete und eine beschwichtigende Geste machte. »Okay, okay«, gab sie nach. »Wir lassen Carl hier, einverstanden? Er achtet darauf, dass Ed den Raum nicht verlässt, und wir –«

»Und wenn Carl Stefans Mörder ist?«, fragte ich.

»Dann wissen wir das spätestens in dem Augenblick, in dem wir zurückkommen und feststellen, dass er auch Ed umgebracht hat«, antwortete Ellen eisig und nahm das Tranchiermesser wieder an sich, mit dem sie Judith vor nicht allzu langer Zeit die Kehle durchzuschneiden gedroht hatte.

Der Anblick bereitete mir Unbehagen, aber ich sagte nichts, sondern griff meinerseits nach dem zweiten, kleineren Messer, das Judith auf der Arbeitsplatte abgelegt hatte. Judith zog derweil aus der offenen Küchenschublade zwei weitere Schneidewerkzeuge, die zwar bestenfalls zum Kartoffelschälen taugten, die aber Maria, der sie eins davon zuteilte, wenigstens das Gefühl vermittelten, nicht gänzlich unbewaffnet zu sein. Wortlos wandten wir uns dem Ausgang zu, doch Maria trat uns in den Weg.

»So … so gefällt mir das alles nicht«, sagte sie. »Mit diesem Messer wollte Ellen gerade eben Judith umbringen. Wer weiß, ob sie es nicht dazu benutzt –«

»Dir vorbeugend die Zunge aus dem Hals zu schneiden, weil du damit sowieso nicht mehr anfangen kannst, als unsere Trommelfelle blutig zu reden?«, fiel Ellen ihr ins Wort. »Dafür kann ich tatsächlich nicht garantieren.«

»Lass uns tauschen«, bot ich ihr an und hielt ihr mein kleineres Messer hin. Mein Hass auf Maria hatte sich keinen Deut gemindert, so dass ich einen Teufel getan hätte, ihr direkt Recht zu geben, ganz egal was sie gesagt hätte. Aber die Vorstellung, Ellen mit dem zwanzig Zentimeter langen Tranchiermesser durch die Dunkelheit neben oder hinter mir umherstreifen zu wissen, jagte mir einen kalten Schauer über den Rücken. Auch wenn sie nicht Stefans Mörderin war, wovon ich inzwischen eigentlich wieder ausging, hatte sie uns ihre Unberechenbarkeit in Extremsituationen eindrucksvoll demonstriert.

Ed schnaubte verächtlich. »Genau – gib es Frank«, sagte er gehässig und ich stellte in einer widersprüchlichen Mischung aus Erleichterung und Bedauern fest, dass er sich von Marias Attacken erholt hatte und wieder ganz der Alte war. »Erinnert ihr euch daran, was Stefan gesagt hat, bevor er gestorben ist? Er sagte: Er ist hier. Und wisst ihr noch, wen er dabei angesehen hat?«

»Natürlich hat er mich angesehen«, verteidigte ich mich. »Ich stand ja auch in seinem unmittelbaren Blickfeld.«

»Gib es ihm«, wiederholte Ed spöttisch. »Wenn er als Einziger hierher zurückkommt, weiß ich, dass ich ihn schnellstmöglich umlegen sollte.«

»So hat das alles keinen Sinn«, seufzte Judith und zog eine Streichholzschachtel aus der Tasche. Sie entnahm der Packung vier Hölzchen, knickte den Zündkopf eines einzelnen ab und ließ die Hand einen Moment lang hinter ihrem Rücken verschwinden. Als sie die Rechte zur Faust geballt wieder in unsere Mitte hielt, lugten die unteren Enden der Streichhölzer daraus hervor. »Wir losen es aus«, beschloss sie. »Das Tranchiermesser geht an denjenigen, der das kopflose Streichholz zieht.«

Niemand protestierte. Judith hatte Recht: Mit einer Vertrauensdiskussion kamen wir hier nicht weiter, denn jeder verdächtigte jeden des Mordes. Es war nur fair, den Zufall für uns entscheiden zu lassen, und er entschied sich für sie. Ellen zog ein unwilliges Gesicht, als sie die rasiermesserscharfe Klinge an Judith herausgeben musste, protestierte aber nicht.

»Gut«, sagte sie schließlich und nahm das Gemüsemesser, das Judith ihr im Tausch reichte, mit einer Bewegung entgegen, die ruppiger ausfiel, als gerechtfertigt gewesen wäre. »Können wir jetzt endlich gehen?«

»Nur, wenn ihr Zerberus mitnehmt«, antwortete Ed mit einem feindseligen Blick in Carls Richtung.

»Wenn du aufhören würdest, den Schwerverletzten zu simulieren, würden wir euch beide mitnehmen«, gab Maria gehässig zurück und wandte sich dann Judith zu. »Wir haben noch genug Klebeband und Übung in Fesselungsmethoden, um das Nazischwein am Stuhl festzukleben, damit es kein Unheil anrichtet, oder? Wir nehmen Carl mit und behalten den Überblick.«

»Weißt du eigentlich, wie viel Glück du hast, in so einer Weicheierdemokratie zu leben?«, schoss Ed ein volles Pfund zurück. »Im Dritten Reich hätte man mit einer Irren wie dir längst kurzen Prozess gemacht.« Lächelnd beobachtete er, wie Maria, von diesem Gegenangriff deutlich überrannt, erbleichte und ihre Gesichtszüge entgleisten. Dann hob er den rechten Arm zum Führergruß und grinste bösartig. »Sieg heil!«

Drei, vier Sekunden lang geschah überhaupt nichts. Maria stand einfach nur da und starrte Ed mit offenem Mund und ungläubig aufgerissenen Augen an. Dann brannte ihr eine wichtige Sicherung durch. Mit einem schrillen Schrei stürzte sie an mir vorbei auf Ed zu, augenscheinlich bereit, ihn mit bloßen Händen in Stücke zu reißen, aber Judith und ich reagierten schnell genug, ehe sie Ed tatsächlich erreichen konnte. Mit roher Gewalt schoben wir sie zurück Richtung Ausgang und in die Empfangshalle hinaus.

»Du hast Recht!«, kreischte sie über die Schulter zurück in Eds Richtung, als ich sie, wie verrückt zappelnd und ins Leere tretend, mit Judiths Hilfe den Ausgang hinausbugsiert hatte. »Es *ist* eine Weicheierdemokratie! Jedes andere System würde vielleicht verhindern, dass man das Gesetz gegen eine bestimmte Sorte von Schweinen selbst in die Hand nehmen muss!«

Wir ließen ihre Arme erst los, als Ellen die Tür zum Haupthaus hinter uns vieren ins Schloss gedrückt und vorsichtshalber mit vor der Brust verschränkten Armen wie ein Türsteher davor Aufstellung genommen hatte. Doch Maria machte keine Anstalten, zurück in das Gebäude zu rennen, um Ed mit dem Gemüsemesser, das Judith ihr gegeben hatte, mühselig in Streifen zu schneiden, sondern eilte vorweg Richtung Lehrerhaus. Sie hörte auf, wie wahnsinnig herumzukreischen, verstummte aber nicht ganz, wie ich feststellte, als wir ihr über den finsteren Hof folgten. Tatsächlich murmelte sie immer noch unverständliches Zeug vor sich hin, als wir die hölzerne Treppe in die erste Etage des Lehrerhauses hinauf zurücklegten, und schwieg erst, als wir das Rektorzimmer erreichten. Ich fragte mich ernsthaft, ob unsere graue Maus nun endgültig und unwiderruflich den Verstand verloren hatte. Ich hätte diesen Umstand durchaus begrüßt: Er bot einen ausgezeichneten Vorwand, sie – ihrem eigenen Vorschlag, wie man am besten mit Ed zu verfahren hätte, folgend – an einem beliebigen Möbelstück in einem abgelegenen Zimmer zu fixieren und die Tür zu schließen, bis die Polizei oder die Feuerwehr sich um sie kümmern würden, wenn dieser Alptraum endlich vorbei war.

Ellen trat an uns vorbei, schob langsam die Tür auf (ich konnte mich nicht daran erinnern, sie hinter mir geschlossen zu haben) und ließ den Strahl der Taschenlampe, die sie in der Küche an sich genommen hatte, einige Augenblicke lang durch den finsteren Raum huschen, ehe sie selbst sich hineinwagte und beiseite trat, um uns ebenfalls eintreten zu lassen.

»Für ein Rektorzimmer ist das aber recht bescheiden«, stellte Judith skeptisch fest.

Ich konnte mich nicht daran erinnern, den Raum als Rektorzimmer bezeichnet zu haben. »Wie kommst du darauf, dass es das Rektorzimmer ist?«

»Das hast du gesagt«, behauptete Judith, aber ihre

Stimme klang nicht so fest, wie mir lieb gewesen wäre.

Ich betrachtete sie einen Moment lang mit schräg gelegtem Kopf. Dieses Haus, die Treppe, der kleine Raum – das alles kam mir unglaublich bekannt vor, viel vertrauter, als es hätte sein sollen, nachdem ich nur ein einziges Mal hier gewesen war. Ich erinnerte mich daran, dieses an Vertrautheit grenzende Gefühl gehabt zu haben, als ich meine Füße zum ersten Mal über die Schwelle gesetzt hatte, und ich wusste auch, wie zielstrebig ich auf diesen Raum zugesteuert war und dass ich die ganze Zeit über keinen Zweifel daran gehabt hatte, dass es sich dabei um das Zimmer des Rektors, um Klaus Sängers Privatraum, gehandelt hatte.

Ob es Judith ebenso ging? Oder war ich wirklich schon so durcheinander, dass ich mich an meine eigenen Worte kaum mehr erinnerte?

»Eigentlich ist es nicht viel besser als unsere Zimmer«, bemerkte Ellen und zuckte mit den Schultern. »Aber nach allem, was wir bislang gehört haben, scheint unser großer Gönner Klaus Sänger ja ein gnadenloser Idealist gewesen zu sein.«

Ich fühlte mich ganz und gar nicht wohl in meiner Haut, als ich, plötzlich ganz der Gentleman, nach den drei Frauen in das Zimmer trat. Ellen ließ den Strahl ihrer Lampe über den wuchtigen Schreibtisch gleiten und etwas Seltsames geschah: Obwohl ich mir jede Sekunde darüber bewusst war, dass er nicht tatsächlich da war, sondern lediglich in meiner Vorstellungskraft existierte, sah ich Klaus Sänger an seinem Schreibtisch sitzen, weit vornüber gebeugt und konzentriert irgendeine Lektüre studierend, die wie sein Gesicht von einer Messinglampe mit grünem Glasschirm in schwaches, unheimliches Licht getaucht wurde.

»Respekt.« Ellens Worte zerstörten das Bild vor meinen Augen und ich war ihr dankbar dafür.

Was war nur los mit mir? Ich hatte den alten Mann mit dem silberweißen, schütteren Haar ausschließlich auf einem Foto gesehen, nie in der Realität. Und selbst wenn ich Sänger persönlich gekannt hätte: Die Detailgenauigkeit meiner Vorstellung erschreckte mich. Eigentlich war ich ein eher fantasieloser Mensch. Meine Kopfschmerzen wurden wieder schlimmer.

»Ich hätte dieses Geheimfach nicht so schnell gefunden wie du«, behauptete Ellen und schien sich der Unsinnigkeit ihrer eigenen Worte gar nicht bewusst zu sein, obwohl sie den in der Schmuckleiste verborgenen Schalter längst betätigt hatte und sich während des Redens nach dem offenen Fach auf der Rückseite des Tisches bückte, um sich davon zu überzeugen, dass es wirklich nicht mehr als die Bilder enthalten hatte, die ich mitgenommen hatte. »Es ist wirklich verdammt gut versteckt.«

Aus den Augenwinkeln sah ich, wie Judith sich einen kurzen Moment mit den Fingerspitzen die Schläfen rieb, ehe sie Ellen zum Schreibtisch folgte und ihr nun doch das Tranchiermesser reichte, damit sie die reich verzierten, massiven Schubfächer damit aufhebeln konnte. Anscheinend hatte Judith ebenfalls Kopfschmerzen. Was zum Teufel war hier los? Was geschah hier mit uns?

Wieder spürte ich Übelkeit und Schwindel in mir aufsteigen, obwohl der migräneartige Schmerz das

Niveau, das mich bei meinem ersten Ausflug hierher hatte zusammenbrechen lassen, noch längst nicht erreicht hatte. Ich lehnte mich an den Türrahmen und beobachtete Ellen dabei, wie sie eine Schublade nach der anderen aufbrach, ohne dabei aber auf etwas zu stoßen, was ihrem Entdeckerdrang Befriedigung verschaffte.

»Klassenbücher«, stellte sie enttäuscht fest und reichte einen Stapel blauer Pappmappen an Maria weiter, die im Gegensatz zu ihr deutlich interessiert an den Heften schien, denn sie legte sie auf der Tischplatte ab und begann neugierig eines nach dem anderen durchzublättern. »Anscheinend das vollständige Sortiment von 1950 bis 1985. Unser großer Gönner nahm es wohl nicht nur mit der Haarfarbe seiner Internatszöglinge etwas zu genau. Soweit ich weiß, bewahrt man so einen Quatsch nicht länger als zehn Jahre auf.«

Sie wandte sich der letzten Schublade in der Mitte des alten Mahagonitisches zu, schob das stählerne Tranchiermesser in die schmale Fuge zwischen Fach und Platte und brach auch dieses Schloss mit einer Leichtigkeit auf, die mich für einen Augenblick daran zweifeln ließ, ob sich sämtliche Operationen, die sie in ihrem Leben durchgeführt hatte, wirklich auf solche am menschlichen Körper beschränkt hatten. Vielleicht hatte es ja einmal eine Zeit gegeben, in der sie eine sicher von nicht weniger Erfolg gekrönte Karriere als Gangsterbraut angestrebt hatte. Jedenfalls dauerte es, wie zuvor auch bei den Fächern zu ihrer Rechten und Linken, keine drei Sekunden, ehe das Schloss mit einem metallischen Klicken nachgab und sie die wuchtige und von allen bisher geöffneten breiteste Schublade aufzog und Judith mit dem Strahl der Taschenlampe hineinleuchtete.

Dieses Mal ließ Ellen einen anerkennenden Pfiff hören, während sie in dem alten Schubfach herumwühlte, eine ganze Reihe von Gegenständen daraus hervorkramte und sie auf der dunklen Platte ablegte. Schließlich regte sich auch meine Neugier in der gemischten Tüte aus Gedanken und Gefühlen, die ich an diesem Kiosk der Verzweiflung erstanden hatte, und ich trat an den Tisch heran, um Ellens Ausbeute in Augenschein zu nehmen.

»Jetzt wird es interessant.« Judith griff nach einem alles andere als altertümlich scheinenden Schlüsselbund mit einem knappen halben Dutzend Schlüssel für Zylinderschlösser, reichte ihn an mich weiter und hielt nacheinander ein paar lose Blätter ins schwache Licht. »Das sind Rechnungen«, sagte sie. »Keine zwei Jahre alt. Irgendetwas ist mit dem Burgtor gemacht worden …«

Ich legte den Schlüsselbund zurück, trat hinter sie und starrte konzentriert über ihre Schulter auf die beiden Blätter in ihren Händen. Gekränkt bemerkte ich, wie sie ein kleines bisschen zusammenzuckte und einen kurzen, nervösen Blick in meine Richtung warf, als ich ihr so nahe kam, aber ich nahm keine Rücksicht darauf, sondern versuchte das Kleingedruckte auf der Rechnung der Baufirma Johannes Lohmann, Crailsfelden, im schlechten Licht angestrengt zu entziffern.

»Offenbar ist das Burgtor, das unsere beiden Rennfahrer um ein Haar aufgespießt hätte, vor zwei Jahren erst überholt worden«, stellte sie schaudernd fest. »Versteht ihr das? *Kontaktplatten im Innen-*

hof für Fallgatter«, zitierte sie und verlas den Preis. »Außerdem steht hier etwas von einer Fernsteuerungstechnik. Und da hat der Bauunternehmer noch etwas per Hand dazugeschrieben: *Achtung*! *Unfallgefahr durch sehr schnell herabfallendes Gatter – keine Haftungsübernahme, da Gestaltung auf ausdrücklichen Wunsch des Kunden erfolgt ist.*«

»Das ... das bedeutet, dass sich der Bauunternehmer absolut bewusst darüber war, was für eine wahnwitzige Falle er da baut«, sagte ich leise und versuchte vergeblich, den bitteren Geschmack herunterzuschlucken, der sich auf meiner Zunge ausgebreitet hatte. »*Zur Kenntnis genommen und einverstanden, Zahlung erfolgt binnen der kommenden vierzehn Tage, Professor Klaus Sänger*«, verlas ich die Gegenzeichnung, die das Dokument abschloss.

»Davon hat uns Carl überhaupt nichts gesagt.« Verärgert legte Judith die zwei Seiten umfassende Rechnung auf den Tisch zurück. »Er kann uns doch nicht ernsthaft erzählen, dass er nichts davon gewusst hat, dass hier vor gar nicht langer Zeit noch herumgebastelt worden ist!« Ich trat an ihr vorbei und nahm die Blätter an mich, um sie ein zweites Mal zu studieren, wohl in der Hoffnung, sie beim ersten Lesen einfach falsch verstanden zu haben.

»Wir sollten ihn uns in der Tat noch einmal vorknöpfen, wenn wir zurück in der Küche sind«, pflichtete Ellen ihr bei. »Wir sollten da weitermachen, wo Stefan aufgehört hat. Ich bin sicher, er hat uns tatsächlich mehr zu sagen, als er jetzt noch glaubt.«

Auch ich nickte zustimmend, während ich die Rechnung ein drittes Mal – und dieses Mal sehr aufmerksam – durchging. Aber ich hatte mich nicht geirrt, sondern die Auflistung der durchgeführten Arbeiten von Anfang an richtig interpretiert, so grausam diese Erkenntnis auch war: Sänger hatte im Torhaus eine Anlage errichten lassen, mit der im Burghof Fallgattersensoren eingeschaltet werden konnten. Auch hier hatte der Bauunternehmer eine Warnung vermerkt, die besagte, dass diese Kontaktsensoren in keinem Fall eingeschaltet gelassen werden dürften, da das Gatter bereits fünf Sekunden nach Kontakt herabschnellte. Damit war dieses Gatter nur sinnvoll, wenn man auf den Burghof fuhr. Versuchte man den Hof hingegen bei eingeschalteten Sensoren zu verlassen, war es, wie Ed und ich bereits am eigenen Leib äußerst schmerzhaft erfahren hatten, eine nahezu mörderische Falle. Ich sprach aus, was ich dachte.

»Aber …«, Judith schüttelte fassungslos den Kopf und trotz der vorherrschenden Dunkelheit stellte ich fest, dass auch Ellen deutlich an Farbe einbüßte. Nur Maria ließ sich von meiner Interpretation nicht irritieren und blätterte weiter nervös in den Klassenbüchern herum, die Ellen ihr überlassen hatte. »Was hat das denn alles für einen Sinn? Wer lässt sich bloß so einen Mist einfallen?«

»Jemand, der dazu bereit ist, schließlich auch noch eine vierstellige Summe für die Umsetzung dieses Unsinns zu bezahlen«, stellte Ellen bitter fest. »Jemand, für den eine Einrichtung, mit der er Leute in seiner Burg gefangen setzen kann, durchaus Sinn ergeben hat.«

Dem Klang ihrer Worte und ihrer Körperhaltung war unschwer zu entnehmen, woran sie dachte, während sie sprach. Allem Anschein nach hatte sie Recht gehabt, als sie uns mit Ratten in einem Käfig verglich; zumindest in dem Punkt, dass es keine Aneinanderreihung unglücklicher Zufälle war, dass wir hier festsaßen. Wir waren mutwillig eingesperrt worden. Wieder fiel mir auf, wie ungewöhnlich kalt es in dem alten Lehrerhaus war.

»Und das alles schon vor zwei Jahren«, murmelte ich. »Sänger hat schon vor Jahren beschlossen, hier Menschen einzusperren. Er –«

Ellen unterbrach mich mit einem überraschten Aufschrei. Während unserer Überlegungen hatte sie gedankenverloren eine große schwarze Ledermappe aufgeschlagen, die ebenfalls zur Ausbeute aus der mittleren Schublade gezählt hatte und wie die Schlüssel und die Rechnung, die ich mittlerweile fast angeekelt auf den Tisch zurückgelegt hatte, auf der dunklen Mahagoniplatte lag.

»Baupläne!«, entfuhr es ihr und zum ersten Mal an diesem Abend konnte ich einer Überraschung etwas Positives abgewinnen. Auch Ellens Mine hellte sich auf.

»Aus dem Jahr 1940«, stellte Judith mit einem skeptischen Blick auf das oberste, vergilbte Blatt des mit den Jahren spröde und brüchig gewordenen Papierstapels einschränkend fest.

Endlich ließ Maria von den Klassenbüchern ab, griff nach den ersten beiden Plänen und faltete sie stirnrunzelnd auseinander. »Außerdem befassen sich diese Baupläne mit der so genannten Bauphase A«, versuchte auch sie Ellens Euphorie zu dämpfen und deutete auf einen entsprechenden Hinweis, der über jedem der schatzkartenähnlichen Bögen prangte. »Also muss man davon ausgehen, dass diese Pläne nicht zu hundert Prozent mit dem heutigen Bauzustand übereinstimmen. Zumal an dem Gebäude nach dem Krieg, als es eine Internatsschule war, ganz gewiss auch noch Umbauten vorgenommen worden sind.«

»Da wäre ich mir nicht so sicher«, Judith schüttelte den Kopf. Ich fragte mich, ob die Skepsis, die sie im ersten Augenblick empfunden hatte, als ihr das Alter der Pläne aufgefallen war, auch dann so schnell verflogen wäre, wenn sie nicht das Bedürfnis gehabt hätte, sich mit allem, was sie tat, gegen Maria zu stellen und ihr zu widersprechen, wo immer es möglich war. Maria hatte sich mit ihrer schwer gewöhnungsbedürftigen Art, die noch arroganter wirkte als die Ellens, wirklich keine Freunde gemacht. »Schließlich war Burg Crailsfelden ja die ganze Zeit über in Professor Klaus Sängers Besitz«, erklärte Judith. »Möglicherweise hat er seine Forschungen, wie auch immer diese ausgesehen haben, unter dem Deckmantel des Schulalltags noch jahrzehntelang weiter betrieben.«

Vielleicht betreibt er sie auch immer noch, fügte ich, immer stärker zu Ellens verrückter Theorie tendierend, düster in Gedanken hinzu.

Ellen tippte mit dem Zeigefinger auf den unteren linken Bereich der zweiten Karte, die Maria auf dem Tisch ausgebreitet hatte. »Das sind Laboratorien«, erklärte sie optimistisch. »Ich denke schon, dass sie erhalten geblieben sind. Welchen Grund sollte Sänger gehabt haben, sie zu zerstören? Nach allem, was wir bislang wissen, war Sänger ein Extremist. Ich weiß nicht, was er in diesen Kellern getrieben hat, aber er hat es ganz sicher *fanatisch* getan. Ich kann mir nicht vorstellen, dass er diese Labors aus Scham über den verlorenen Krieg und über das Scheitern seines Idealismus abgerissen hat. Und wenn es sie noch gibt, muss es auch noch geheime Zugänge dazu geben – wenn wir Glück haben sowohl von innerhalb als auch von außerhalb der Schule.«

»Es hat auch Zellen gegeben.« Beklemmt deutete ich auf einen eindeutig bezeichneten Bereich neben den von Ellen als Laborräume benannten Quadern und dachte fröstelnd an die verliesartige Kammer mit dem Gitter in der Tür zurück, die mir bereits bei unserer ersten Erkundungstour durch den Keller aufgefallen war. *Menschenversuche*, schoss es mir durch den Kopf. Möglicherweise hatte Ellen mit ihrem so genannten Paarungsexperiment ein bisschen zu weit ausgeholt, aber mittlerweile sah alles danach aus, als ob Professor Sänger in diesen unheilvollen Gemäuern tatsächlich Menschenversuche durchgeführt hatte. Ich fragte mich, wie diese ausgesehen haben könnten und welchem Zweck sie wohl gedient hatten, beschloss aber schnell, kein ehrliches Interesse an der Antwort auf diese Frage zu verspüren. Eine Zuchtanstalt für kleine Arier unter dem Deckmantel eines Müttergenesungsheims, später einer Schule, ausgerüstet mit vergitterten Zellen im Keller, die an eine Ansammlung von Laboratorien grenzte, die der einer gut ausgestatteten Universität in nichts nachstand ... Schon die bloße Vorstellung war einfach pervers.

»Wahrscheinlich hat man dort größere Tiere für irgendwelche Tierversuche gehalten«, wiegelte Ellen ab, machte aber nicht den Eindruck, dass sie selbst von ihrem mächtig an den Haaren herbeigezogenen Einwand überzeugt war. Schließlich war sie diejenige gewesen, die als Erste in die Richtung spekuliert hatte, die mir selbst, sosehr ich mich dagegen sträubte, spätestens seit dem Fund der Rechnung für das Falltor nicht mehr abwegiger als alle anderen vorkam; nämlich darüber, dass man uns hier eingesperrt hatte, um an uns fortzusetzen, was man noch für eine unbestimmte Dauer nach dem Zweiten Weltkrieg in diesen Kellergewölben betrieben hatte.

»Wir sollten Carl mit unserem Fund konfrontieren«, beschloss Judith entschieden, während sie die Karten mit fast hektischen Bewegungen wieder zusammenfaltete und in der schwarzen Ledermappe verschwinden ließ, in der Ellen sie gefunden hatte. Es war ihr deutlich anzusehen, wie wenig ihr das Thema behagte. Sie fürchtete sich wohl davor, es weiter zu vertiefen und keine plausiblen Argumente mehr gegen die ihrer Meinung nach kranken Fantasien der jungen Ärztin vorbringen zu können. »Wahrscheinlich wird er darauf bestehen, von nichts etwas gewusst zu haben«, seufzte sie schulterzuckend, während sie sich die Mappe unter den Arm klemmte. »Aber vielleicht hilft er uns wenigstens, uns mit diesen Karten besser zurechtzufinden. Schließlich kennt er sich von uns allen am besten in dieser Burg aus.«

Maria raffte die Klassenbücher zusammen, in die sie vertieft gewesen war, ehe die Baupläne ihr Interesse auf sich gezogen hatten. Ellen griff nach dem Schlüsselbund und den Rechnungen und trat an Judith und ihr vorbei auf den Flur hinaus, um ihnen mit der Taschenlampe den Weg zu leuchten. Einen Augenblick traf sich mein Blick prüfend mit dem Marias – ich erinnerte mich an den Zustand, in welchem wir sie quasi unter Anwendung roher Gewalt aus dem Hauptgebäude gezerrt hatten, und sorgte mich ein wenig darum, ob sie einer neuerlichen Konfrontation mit Ed schon wieder gewachsen wäre. Aber der wahnsinnige, an Mordlust grenzende Hass, den ihre Augen in der Küche und noch lange Zeit danach wie Abermillionen kleine Blitze in die Dunkelheit abgefeuert hatten, war von etwas anderem verdrängt worden: von einer Art mühsam zurückgehaltener fiebriger Erregung, die mir zwar nicht weniger irrsinnig vorkam, aber wenigstens nicht ganz so gefährlich. Ellen hatte Recht gehabt, als sie ausgesprochen hatte, was nicht nur ich wohl schon vorher gedacht hatte: Marias Wissensspektrum im Bezug auf das Dritte Reich war alles andere als normal; es beinhaltete Informationen, die vielleicht nicht einmal in einem guten Lexikon zu finden waren, und hatte dementsprechend mit Allgemeinbildung nicht mehr viel zu tun. Hätte mir jemand geflüstert, dass einer der in der Burg Anwesenden heimlich nach verschollenem Nazigold forschte, hätte ich zweifellos auf unsere graue Maus getippt. Aber es war nicht Maria, die in den Kellern des Internats nach mysteriösen Schätzen grub, sondern Carl und so blieb die Frage nach dem Grund für ihr Interesse, die sicherlich nicht allein ich mir insgeheim stellte, bis auf weiteres und möglicherweise für immer unbeantwortet.

Zwei, drei Atemzüge lang blieb ich allein in Klaus Sängers dürftig eingerichtetem Privatraum zurück und blickte durch das kleine Fenster auf der gegenüberliegenden Seite des Zimmers hinaus auf den geheimnisvollen, türlosen Turm, der sich nur als schwarzer Schatten von der Dunkelheit des Nachthimmels abhob. Trotz der Finsternis, die der sichelförmige, silbrig schimmernde Mond kaum zu erhellen vermochte, erkannte ich Fledermäuse, die zu Dutzenden, vielleicht zu Hunderten, hektisch mit den Flügeln schlagend und einem Hornissenschwarm ähnlich um die spitz zulaufende Turmspitze kreisten. Mir war klar, dass es unmöglich war, ihre Laute zu hören, denn die Entfernung, die mich zusätzlich zu den Mauern des Gebäudes und der Glasscheibe des winzigen Fensters von den pelzigen Flugungeheuern trennte, war viel zu groß, als dass es so hätte sein können. Dennoch glaubte ich die hässlichen, schrillen Laute, die den Kehlen der schwarzen Monster entwichen, bis hierher zu vernehmen – ohne Unterlass und in rasender Geschwindigkeit an Lautstärke zunehmend, als versuchten sie mit dem unglaublichen Lärm, den sie verursachten, etwas zu übertönen.

Den entsetzten, panischen Schrei eines Menschen, der wusste, dass er starb, ähnlich dem Stefans, als sie ihn attackiert hatten, als er den Halt verloren hatte und meterweit in die Tiefe gestürzt war.

Miriams Schrei!

Es wäre ein Ding der Unmöglichkeit gewesen, selbst wenn ich dreist vorausgesetzt hätte, dass sie existierte und sich tatsächlich in dem unheimlichen Turm befand, und trotzdem identifizierte ich die menschliche Stimme, die zwischen den krächzenden, kreischenden Lauten der Tiere herausklang, eindeutig als die ihre. Und nun, da ich sie hörte, konnte ich das zierliche, dunkelhaarige Mädchen mit den riesigen braunen Augen für den Bruchteil einer Sekunde sogar sehen – als Teil eines schrecklich realistisch wirkenden Wachtraums, der sich wie ein Film auf einer dieser neuartigen, unbezahlbaren Plasmawände vor meinen Augen abspielte. Ich sah sie und ich sah mich, wie ich sie mit mir zerrte und dabei ihr feingliedriges Handgelenk mit einem entschlossenen Griff so fest packte, dass ich die Blutzufuhr zu ihren Fingern stoppte. Stufe um Stufe, immer im Kreis, immer weiter hinauf und ungeachtet der erschreckenden Gewissheit, dass wir geradewegs in unser Unheil – in *ihr* Unheil! – rannten. Ich sah Miriam und ich sah mich. Wir waren Kinder.

Eine kaum faustgroße, tiefschwarze Fledermaus löste sich aus dem Schatten der leer stehenden Bücherregale, brach im Sturzflug durch die Plasmawand meiner erhitzten Fantasie und zerstörte sie damit. Einen hässlichen Schrei ausstoßend, schnellte das pelzige Tier um Haaresbreite an meinem linken Ohr vorbei, drehte eine Acht durch das Zimmer und kehrte in die Nische zwischen den Möbeln zurück, aus der es so plötzlich aufgetaucht war.

Mit einem ungläubigen, erschrockenen Keuchen stolperte ich rückwärts aus dem Raum, wirbelte auf dem Absatz herum und stürmte den drei Frauen hinterher. Aber es war nicht die Fledermaus, vor der ich schwer atmend und mit rasendem Herzen floh. Es war mein eigener Wahnsinn.

»Wenn es einen positiven Aspekt in dem Umstand gibt, dass wir hier festsitzen, dann ist es der, dass wir drauf und dran sind, endlich eines der am besten verborgenen schmutzigen Geheimnisse des Dritten Reiches an den Tag zu zerren.«

Als ich die Küche einige Augenblicke nach Judith, Ellen und Maria erreichte, trippelte Maria mit ihrer ungewöhnlichen Gangart durch den kleinen Raum und deutete auf die Fotos, die ich entdeckt hatte, die Bücher, auf die sie irgendwo im Obergeschoss gestoßen war, und die Baupläne, die Ellen in der Schublade des Mahagonitisches gefunden hatte. Ich war auf dem Weg hierher ein Stück hinter den dreien zurückgeblieben, um unangenehme Fragen nach meiner plötzlich veränderten Stimmung zu vermeiden, hatte mich aber nahe genug hinter ihnen gehalten, um mitzubekommen, dass sie, kurz nachdem sie das Lehrerhaus verlassen hatte, wirres Zeug vor sich hin zu plappern begann. Ich war so durcheinander gewesen, dass ich mich gar nicht gefragt hatte, welches Geheimnis sie denn eigentlich meinte, und erst recht nicht, warum ihr selbst überhaupt so viel daran gelegen war, dass Licht in etwas gebracht wurde, was bestenfalls Historiker oder sonstige Gelehrsamkeitsbeflissene interessierte. Möglicherweise war es ja einfach die Tatsache, dass sie selbst sich zu letzterer Sorte Mensch zählte.

»Wenn wir morgen früh noch leben«, erwiderte Ellen nüchtern und legte die Rechnungen und den Schlüsselbund in Zerberus' unmittelbarer Nähe auf der Arbeitsplatte ab. »Übrigens finde ich es fast schon verdächtig, dass wir auf diese Dokumente gestoßen sind«, fügte sie nachdenklich hinzu. Ich sah, wie sie Carl möglichst unauffällig aus den Augenwinkeln beobachtete, während sie sprach. »Ich meine: Sängers Zimmer ist ansonsten vollständig leer geräumt worden. Ich werde das Gefühl nicht los, dass jemand gewollt hat, dass wir diese Unterlagen finden.«

»Man kann auch einfach mal Glück haben«, behauptete Judith optimistisch und legte die schwarze Ledermappe zu den Papieren auf der Arbeitsplatte.

»So wie ich«, machte Ed seiner Verärgerung darüber, dass wir ihn mit dem langhaarigen Kneipenwirt allein gelassen hatten, in sarkastischem Tonfall Luft. »Die Tatsache, dass er die Situation nicht dazu genutzt hat, mir die Kehle durchzuschneiden, schließt ihn allerdings noch lange nicht aus der Liste der möglichen Mörder aus. Aber zumindest hat er mich vorhin verschont.«

»Leider.« Maria rümpfte die Nase. »Im Übrigen war meine Hoffnung darauf, dass er uns von deiner Anwesenheit befreien würde, auch eher gering. Wenn es hier einen Hochzucht-Arier gibt, dem ich ohne weiteres zutraue, mit einem Napola-Dolch auf einen –«

Der Rest ihres Satzes ging in einem erschrockenen Keuchen unter. Ellen war mit einem einzigen Schritt neben ihr, verdrehte ihr den Arm auf dem Rücken und schob sie mit diesem Griff grob vor sich her, bis sie ihr Opfer mit Oberkörper und Gesicht gegen die Küchenwand pressen konnte.

»Es reicht«, sagte sie leise, aber mit unmissverständlicher Härte in der Stimme. »Das Thema ist durch, hast du verstanden? Deine beschissenen kleinen Racheeskapaden bringen uns kein Stück weiter.« Dann stieß sie Maria unsanft vor sich her durch den Raum, drückte sie schließlich mit einer einzigen, kräftigen Handbewegung auf einen der weißen Plastikstühle hinab und baute sich mit vor der Brust verschränkten Armen vor ihr auf. »Alles, was du mit deiner Gehässigkeit erreichst, ist, uns alle ständig an den Grund für deine alberne Wut zurückzuerinnern. Möchtest du das?«, fragte sie lauernd.

Im ersten Moment war Maria viel zu perplex, um darauf zu reagieren; wahrscheinlich benötigte sie ein paar Sekunden, in denen sie einfach nur dasaß und die rothaarige, schlanke Frau mit offenem Mund anstarrte. Sie musste Ellens Worte zwischen ihren eigenen, sich überschlagenden Gedanken herausfiltern und in die Form der Sätze zurückbringen, in der Ellen sie ausgesprochen hatte. Dann schüttelte sie heftig den Kopf.

»Gut.« Ellen wandte sich mit einem zufriedenen Lächeln von der grauen Maus ab. »Ich will mir schließlich gar nicht allzu lebhaft vorstellen, wie unsere kleine Pornoqueen sich von Eddi Groschenerotik bumsen lässt.«

Maria gab einen japsenden Laut von sich und die Farbe, die während Ellens Schmährede aus ihren Wangen gewichen war, kehrte binnen kürzester Zeit und in vielfacher Intensität in ihr Gesicht zurück. Judith grinste so breit, dass ich die silbernen Kronen auf ihren vorderen Backenzähnen erkennen konnte, und auch Carl konnte ein schadenfrohes Aufblitzen seiner Augen nicht unterdrücken. Selbst ich musste über Ellens treffsicheren Spott grinsen, obwohl mir streng genommen jegliche Lust auf Späßchen schon heute Morgen im Hotel vergangen war. Lediglich Eds Miene blieb regungslos. Entweder hatte er Ellens Worte überhaupt nicht als beleidigend wahrgenommen oder er suchte einmal mehr vergeblich nach einem passenden Konter.

»Wir haben Ihnen etwas mitgebracht.« Ellen wurde sofort wieder ernst, trat an die Arbeitsplatte heran, schlug die schwarze Mappe auf und breitete die oberste der vergilbten Karten demonstrativ vor Carls Nase aus. »Schatzkarten für Ihre Suche nach dem Nazigold. Oder nach unserem Ausgang.« Sie stemmte die Hände in die Hüften und maß den Althippie von Kopf bis Fuß mit einem Blick, der so überheblich und abschätzig war, dass er jeden gestandenen Straßenpenner in eine tiefe Selbstwertkrise befördert hätte. »Nur für den Fall, dass Sie uns erzählen möchten, Sie haben nichts davon gewusst: Wir haben uns längst darauf geeinigt, Ihnen kein Wort zu glauben. Alles, was wir wollen, ist, Ihnen hiermit eine Gelegenheit zu bieten, uns doch noch einen zweiten Weg aus dieser Vorbereitungsanstalt für die Psychiatrie zu zeigen und fein mit der Ausrede aus dem Schneider zu sein, dass Sie das nur mit Hilfe dieses Papierkrams geschafft haben. Einverstanden?«

Carl antwortete nicht, sondern starrte nur mit entgeistertem Blick auf die Grundrisspläne hinab. Ich war nicht sicher, ob er der Ärztin überhaupt zugehört hatte – dem Ausdruck absolut glaubwürdiger Überraschung auf seinem Gesicht nach zu schließen, die sich zu Fassungslosigkeit steigerte, als er erst langsam, dann zunehmend hektischer und mit zitternden Händen in den Bauplänen der Burg herumzublättern begann, wohl eher nicht. »Das ...«, stammelte er kopfschüttelnd. »Das ist vollkommen unmöglich ... Das kann nicht sein. Woher ...« Er blickte irritiert zu Ellen auf, die sein Tun regungslos, aber aufmerksam beobachtete. Carls Reaktion deutete sie ihrer Körperhaltung nach zu schließen im Gegensatz zu mir, der sie als echte Verwirrung erkannte, wohl eher als die Nervosität eines Ertappten. »Woher habt ihr das?«, fragte Carl.

»Aus Professor Sängers Schreibtisch«, antwortete Ellen ruhig. »Wenn Sie jetzt bitte noch fragen würden, was das ist; nur, um Ihrem kleinen Schauspiel die Krone aufzusetzen, wenn Sie wissen, was ich meine. Ich habe zwar keine Ahnung, wie es sich in diesem seelenlosen Kaff verhält, in dem Sie sich für gewöhnlich herumtreiben, und ob der Begriff der Schauspielkunst überhaupt schon bis Crailsfelden durchgesickert ist, aber ganz allgemein steht man in Deutschland auf gnadenlos überzogene Darstellungen im Hollywood-Stil.«

»Ich weiß, was das ist!«, fuhr Carl sie, plötzlich überhaupt nicht mehr unsicher, aber immer noch vollkommen aus der Fassung gebracht, an. Er wirkte ein bisschen wie ein Sechsjähriger, dem man zum Geburtstag den sehnlichsten Kindheitstraum erfüllt und ein Rennpferd mit Stall, Jockey und Stalljungen geschenkt hat und der jetzt kurz vor dem Nervenzusammenbruch steht, weil er hin- und hergerissen ist zwischen grenzenloser Freude über dieses Geschenk und abgrundtiefer Verzweiflung über die Tatsache, dass man seinen Traum in Wirklichkeit verwandelt und ihn damit vorläufig aller Ziele beraubt hat. »Das sind Grundrisspläne der Burg«, sagte er. Ich konnte sehen, in welcher Eile das Blut durch seine Halsschlagadern gepumpt wurde. »Ich habe überall danach gesucht – sowohl im Grundbuchamt in Crailsfelden als auch in dem der Kreisstadt. Aber alles, was ich auftreiben konnte, waren ein paar historische Pläne dieser Festung. Über Umbauten in der Nazizeit habe ich nichts auftreiben können. Und ich habe *gründlich* gesucht, das können Sie mir glauben.«

Mein Gefühl sagte mir, dass er die Wahrheit sprach, aber mein Verstand hielt entschieden dagegen. »Und was ist das?« Ich griff nach der Abrechnung des Crailsfeldener Bauunternehmers und knallte sie mit einer ruppigen Geste auf den Stapel der Pläne. »Was ist mit der lebensgefährlichen Falle, die Ihr guter Freund Sänger vor nicht allzu langer Zeit hier hat installieren lassen? Davon haben Sie auch nichts gewusst, nicht wahr? Sie können nur von Glück reden, dass Sie nicht selbst in den vergangenen zwei Jahren von diesem verdammten Falltor aufgespießt worden sind!«

Der Späthippie maß mich zwei, drei Sekunden lang mit verständnislosem Blick, sah auf die Rechnungen vor seiner Nase hinab und tat schließlich, was viele Männer zu tun pflegen, wenn die Nervosität Besitz von ihnen ergreift: Er ließ die rechte Hand in die Hosentasche gleiten, um sich unauffällig im Intimbereich zu kratzen.

»Was soll das heißen – eine Falle?« Spätestens in diesem Moment glaubte ich Ed, dass er nicht in der Lage war aufzustehen. Ich war sicher, er wäre mit einem einzigen Satz bei der Arbeitsplatte gewesen, um die Rechnungen an sich zu reißen, wenn er gekonnt hätte. So aber streckte er nur fassungslos den Arm nach den Papieren aus. Judith reichte sie ihm und er begann sie mit ungläubigem Blick zu überfliegen, wobei er sich in unverkennbare Wut steigerte. »Das ist –«

»Die Rechnung für den Mordanschlag auf uns beide«, erklärte ich, so ruhig es ging. Mein eigener Zorn war keinen Deut geringer. Tatsächlich war es nur meinem Glück zu verdanken, dass nicht ich, sondern er am Steuer des Friedenstaubencruisers gesessen hatte, und die Tatsache, dass Ed noch lebte, einzig dem Umstand, dass sein Schutzengel offenbar ein unverbesserlicher Workaholic mit einer ganzen Armee hilfsbereiter geflügelter Kumpanen war.

»Ich ... ja. Nein«, antwortete Carl, ohne einen von uns dabei anzusehen.

»Was soll das heißen?«, fragte ich wütend, packte ihn an der Schulter, um ihn zu mir herumzureißen, und schüttelte ihn schließlich am Kragen seines albernen Rüschenhemdes kräftig durch, als er nicht schnell genug antwortete. »Ja, nein, vielleicht oder was?!«

»Ja, verdammt, ich habe davon gewusst!«, brüllte Carl, stieß mich grob von sich weg, wich einen Schritt zurück und nahm eine leicht breitbeinige Standposition ein, um besseren Halt zu haben, falls ich erneut auf ihn losgehen sollte.

Tatsächlich war mir sehr danach, aber Judith legte mir in einer besänftigenden Geste die Hand auf die Schulter und schüttelte den Kopf. »Nun lass ihn wenigstens antworten, ehe du ihn in Stücke reißt«, sagte sie.

Sie lieferte mir keine überzeugenden Argumente, meinen destruktiven Trieb im Zaum zu halten, aber die Berührung ihrer Hand hatte etwas Beruhigendes. Nachdem sie meine körperliche Nähe sowie den Blickkontakt zu mir seit unserer Diskussion um Stefans möglichen Mörder nach Kräften vermieden hatte, genoss ich diese unbefangene kleine Geste von ihr. Ich will nicht sagen, dass mich ihr Misstrauen und ihre Abneigung bislang deshalb mehr verletzt hatten als die aller anderen hier, weil ich mich in sie verliebt hatte oder etwas in der Art. Aber beides hatte übel an meinem Ego gekratzt. Ich war immer davon ausgegangen, dass zwar nicht gleich Liebe Voraussetzung für einigermaßen guten Sex war, zumindest aber ein gewisses Grundvertrauen zwischen den Partnern. Der Umstand, dass sie mich nur wenige Stunden nach unserem kleinen Abenteuer eines Mordes verdächtigen konnte, hatte mich tiefer erschüttert, als ich eigentlich zugeben mochte.

»Professor Sänger war verrückt, keine Frage. Ich weiß nicht, warum, aber er legte nun einmal Wert darauf, dass man sich bei ihm abmeldete, ehe man die Burg verließ. Vielleicht, damit niemand auf die Idee kam, etwas zu stehlen, oder was weiß ich«, antwortete Carl. »Aber ich habe nicht gewusst, dass dieses Ding heute Nacht eingeschaltet war. Und schon mal gar nicht, warum.«

»Wer soll Ihnen das glauben?« Ed rieb sich mit der freien Hand den verletzten Nacken. Sein Atem ging schnell und ich hatte den Eindruck, als verstärke das Bewusstsein, dass seine Verletzungen nicht nur durch einen dummen Unfall verursacht worden waren, seine Schmerzen erheblich. »Und wer außer Ihnen soll es denn sonst gewesen sein?«

»Das weiß ich nicht.« Carl hob hilflos die Schultern. »Von Thun vielleicht. Obwohl ich es mir nicht vorstellen kann. Wieso sollte er so etwas tun? Oder …« Er zögerte.

»Oder wer?«, fragte Judith.

»Oder jemand anders«, antwortete Carl mit einem hilflosen Kopfschütteln. »Vielleicht sind wir ja gar nicht allein hier. Es gibt genügend Möglichkeiten in dieser Festung, sich über einen längeren Zeitraum versteckt zu halten, ohne bemerkt zu werden.«

»Oder es war jemand von uns.« Maria flüsterte fast und warf Ed nur aus den Augenwinkeln einen argwöhnischen Blick zu. Dennoch hatte Ellen ihre Worte verstanden und machte einen drohenden Schritt auf sie zu. Maria biss sich buchstäblich auf die Zunge und tat, was sie in den vergangenen Augenblicken ausschließlich getan hatte: Sie blickte verlegen auf ihre Fußspitzen hinab.

Ed schenkte ihr einen bösen Blick, sah aber sensationellerweise ein, dass es keinen Sinn hatte, wieder auf Marias Anfeindungen einzugehen und die Stimmung damit unnötig aufzuheizen. Er wandte sich stattdessen wieder angriffslustig an Carl. »Das ist der größte Müll, den du uns seit langem vor die Füße gekotzt hast«, behauptete er. »Schließlich hat meine liebe Familie das ganze Gelände hier mittlerweile auf den Kopf gestellt.«

»Eben nicht.« Ellen schüttelte den Kopf und deutete wieder auf die Baupläne. »Es ist wirklich nicht einfach, sich damit zurechtzufinden. Aber was ich mit absoluter Sicherheit sagen kann, ist, dass wir offenbar nicht einmal einen Bruchteil der Katakomben unter diesem Geisterschloss erforscht haben.«

Carl nickte bestätigend und begann erneut in den Plänen zu blättern. Schließlich zuckte er die Schultern. »Aber ich glaube nicht, dass es dort unten einen zweiten Ausgang gibt«, seufzte er schließlich und blickte geistesabwesend an Ed vorbei aus dem

Fenster. »Vielmehr glaube ich, dass der alte Turm der Schlüssel zu allem ist. Immerhin ist er seit der Nazizeit nicht mehr zugänglich.«

Maria sah von ihren Schuhspitzen auf, bedachte den Wirt mit einem seltsamen Blick, den ich nicht deuten konnte, und erweckte für einen kurzen Moment den Eindruck, als wisse sie es besser und als wolle sie Protest gegen seine Behauptung einlegen. Dann aber senkte sie wieder den Kopf und starrte weiter betreten zu Boden.

»Ich weiß nicht, ob wir uns richtig verstanden haben.« Judith griff nach den Bauplänen und breitete sie nebeneinander auf dem PVC-Boden aus. »Aber Ihr verfluchtes Nazigold interessiert hier niemanden. Wir suchen einen Ausgang. Und Sie werden uns dabei helfen, Carl. Weil wir nämlich sonst dafür sorgen werden, dass Sie sich von diesem verfluchten Schatz bestenfalls noch Ihren Sarg vergolden lassen können, kapiert?«

»Nichts anderes habe ich gemeint«, gab Carl schnaubend zurück, bückte sich über den mit Plan 3 gekennzeichneten Bogen und tippte mit dem Zeigefinger auf eine kreisförmige Darstellung im mittleren Bereich. »Hier unter dem Turm befindet sich ein großer, runder Kellerraum.« Sein Zeigefinger wanderte auf einen als Durchgang gekennzeichneten Punkt an der linken Seite des Kreises. »Von dort aus führt ein Stichgang in westliche Richtung, wie Sie sehen. Ich vermute, dass dieser Gang von der Burg fortführt. Wahrscheinlich gibt es einen geheimen Ausgang, der irgendwo nahe des Burgberges liegt. Aber sicher bin ich mir nicht. Das Ende des Gangs ist nicht zu erkennen.« Er deutete seufzend auf die linke Blattkante des Planes. »Und ein Anschlussstück gibt es nicht«, stellte er nach einem letzten, vergewissernden Blick auf die anderen Pläne fest.

Ich ließ mich neben Judith in die Hocke sinken – mehr in der Hoffnung, vielleicht noch eine weitere, unbefangene Berührung von ihr zu erhaschen, als im Glauben, tatsächlich auch nur den Ansatz eines Überblicks über diesen Wirrwarr von in Kästchen und Strichen dargestellten Räumen, Nischen und Gängen auf dem ein halbes Jahrhundert alten Papier zu gewinnen. Aber Judith rückte beiseite, ein Interesse am äußersten Bogen zu ihrer Linken vorgebend, und ich verkniff mir nur mühsam ein Seufzen. Was auch immer ihr enormes Misstrauen mir gegenüber wachgerufen hatte, war noch lange nicht verschwunden. Ich beschloss, bei der nächsten Gelegenheit unter vier Augen mit ihr zu reden, und hoffte, dass sie nicht ihr Bestes geben würde, genau diese Gelegenheit nach Kräften zu vermeiden.

»Verdammt!« Carl deutete mit der Linken auf einen weiteren in den Plänen verzeichneten Durchgang und schlug sich mit der Rechten fassungslos vor die Stirn. »Diese vermauerte Tür!«, fluchte er. »Hier muss es ganz leicht sein, zu dem Teil der unterirdischen Anlagen vorzudringen, der auch mit dem Turm verbunden ist.« Er schüttelte den Kopf und murmelte etwas in der Art, schon tausendmal daran vorbeigelaufen zu sein und sich nur deshalb dort nicht zu arbeiten getraut zu haben, weil ihm die Decke des Kellers an dieser Stelle so baufällig vorgekommen sei. »Dort müsst ihr durch. Ich ... würde euch gerne dabei helfen, die Wand durchzubrechen.«

»Ich bin vielleicht mittlerweile ein bisschen verzweifelt – aber total wahnsinnig bin ich noch lange nicht«, lehnte Ellen kategorisch ab. »Ich drücke doch niemandem eine Spitzhacke in die Hand, dem ich keinen Schritt weit traue, während ich selbst mit einem Gemüsemesser neben ihm herlaufe.«

»Ich habe in meinem ganzen Leben noch keiner Fliege etwas zuleide getan!«, verteidigte sich Carl empört.

»Ellen hat Recht.« Judith stand auf und schüttelte den Kopf. »Immerhin haben Sie uns auf diese verfluchte Burg gebracht.«

»Es war vor allem eure Gier, die euch hier heraufgebracht hat«, widersprach der Wirt trocken.

Ellen öffnete den Mund zum Widerspruch, schloss ihn aber schließlich, ohne etwas gesagt zu haben, und begann wortlos, die Pläne zusammenzufalten und in die Mappe zurückzuschieben.

Wahrscheinlich wusste sie, was wir alle insgeheim zugeben mussten und niemand sich auszusprechen traute.

Carl hatte Recht. Letztlich war jeder von uns allein deshalb hier, weil er gehofft hatte, einen Menschen zu beerben, den er zu dessen Lebzeiten nicht einmal gekannt, von dessen Existenz er keine Ahnung gehabt hatte. Allein unsere Gier hatte uns hierher getrieben und sogar noch viel weiter. Ich betrachtete die pummelige, eigentlich eher unattraktive Judith unauffällig aus den Augenwinkeln. In der Aussicht auf ein paar Millionen waren wir miteinander in die Kiste gesprungen und hatten uns redlich bemüht, schnellstmöglich den Stammhalter zu zeugen, den Sängers Testament im Gegenzug für den Reichtum verlangte. Jeder von uns hatte sich unter dem Vorwand wahrer Zuneigung oder zumindest eines sexuellen Bedürfnisses prostituiert.

Und zumindest mir hatte das sogar Spaß gemacht.

Die Vorstellung, ein weiteres Mal in den muffigen Keller hinabzusteigen, behagte mir ganz und gar nicht. Dennoch äußerte ich keinen Protest, als Carl die massive Tür unterhalb der großen Treppe öffnete und den Lichtschalter betätigte, woraufhin die vor uns in die Tiefe führenden, schmalen Steinstufen in das gleichmäßige gelbe Licht eines guten halben Dutzends Lampen getaucht wurden. Schließlich gab es nichts, was ich gegen den Plan, uns in Professor Sängers Labyrinth vorzutasten, objektiv hätte einwenden können. Es war die einzige Chance, noch in dieser Nacht von hier zu entkommen, und ich wünschte mir nichts auf der Welt sehnlicher als das.

Im Idealfall hätte ich in dieser Situation gerne jemanden an die Hand genommen, den ich beschützen zu wollen vorgeben konnte – vorzugsweise Judith. Doch während ich mich die ausgetretenen Stufen hinter Carl und den drei Frauen hinabtastete, verspürte ich selbst kein geringeres Bedürfnis nach Schutz und Geborgenheit als ein dreijähriges Mädchen. Und Judith war, als wir das Ende des Flurs erreicht hatten, mit schnellen Schritten an mir vorbei zwischen Maria und Ellen getreten – um meine körperliche Nähe zu meiden, wie es mir vorkam. Nun, da sie ihre Abneigung in der Küche für einen kurzen Augenblick scheinbar überwunden, jetzt aber aufs Neue deutlich gemacht hatte, kränkte sie mich damit wieder, wie in den ersten Sekunden, als ich sie verspürt hatte. Eine gesunde Skepsis und eine gerechte Portion Misstrauen könnte ich ihr verzeihen, denn nach wie vor konnte jeder von uns rein objektiv betrachtet Stefans Mörder sein. Aber Judith behandelte mich mittlerweile beinahe wie einen Vergewaltiger oder eine sonst wie verachtenswerte Kreatur, mit der man besser überhaupt nicht redete und deren Nähe man mied, wo es nur möglich war.

Ich hielt die Luft an und bemühte mich, durch den Mund zu atmen, als wir uns dem unteren Absatz der Treppe näherten und mir der Übelkeit erregende Gestank von Schimmel, Moder und Verwesung vermischt mit dem Kopfschmerzen fördernden Geruch von Farbe und Beton in die Nase stieg. Und nun, da es mir bewusst war, begann es hinter meinen Schläfen sogleich wieder ein wenig heftiger zu pochen. Der Wirt eilte vorweg, um auch das Licht in dem frisch renovierten Teil des Kellers für uns einzuschalten, und bedeutete uns ein wenig zu hektisch für meinen Geschmack, ihm durch die links an den breiten Korridor angrenzende Tür in den Gerümpelkeller zu folgen. Die fieberhafte Erregung, die Besitz von ihm ergriffen hatte, als Ellen ihn mit den Bauplänen konfrontierte, war zurückgekehrt und schien sich nun von Sekunde zu Sekunde noch zu steigern. Ich konnte mir nicht vorstellen, dass es lediglich die Aussicht auf einen Ausweg aus diesen verwunschenen Mauern war, die den Tatendrang in ihm so sehr aufkochen ließ. Vielmehr war es sicher sein Glaube daran, dabei nun endlich auf das verschwundene Nazigold zu stoßen, nach dem er schon seit unbestimmter Zeit suchte.

Während wir ihm im Schein der Lampe, die Judith trug, an den gemauerten Säulen und Unmengen von Gerümpel vorbei durch den Gewölbekeller folgten, dachte ich darüber nach, was ich tun würde, wenn er mit seiner aberwitzigen Theorie Recht hatte und wir tatsächlich auf seinen sagenhaften historischen Schatz stoßen würden. Mein Glaube an die Existenz des Sänger-Testaments hatte sich im Laufe der Nacht fast unmerklich, Stück für Stück, in nichts aufgelöst. Vielleicht würde ich Zerberus niederschlagen und das Gold an mich nehmen, um wenigstens irgendetwas mitnehmen zu können, sobald ich in meine Wahlheimat USA zurückkehrte – abgesehen von der Erkenntnis über die Unberechenbarkeit meines Charakters, den ich bis heute für recht stabil gehalten hatte, dem Zweifel an einer gottgegebenen Menschlichkeit eines jeden und einem Gefühl von Angst, die auszuarten und außer Kontrolle zu geraten schien.

Wie bei unserem ersten Ausflug in den Keller vernahm ich auch dieses Mal wieder eine beunruhigende, kaum im Einzelnen definierbare Geräuschkulisse. Ein leises, an einen weit entfernt laufenden Stromgenerator erinnerndes Brummen, ein Tropfen, ein Fiepen und ein Flattern, ein Huschen vielleicht oder ein Rascheln, und das alles gleichzeitig von überall und doch nirgendwo her. Aber dieses Mal wurde zumindest eine der unzähligen Fragen geklärt, über die ich mir vorhin den Kopf zerbrochen hatte: Fledermäuse lebten sehr wohl in Kellern. Zumindest in diesem.

Als wir die schwere, mit eisernen Bändern beschlagene Tür auf der gegenüberliegenden Seite des

Kellerraumes fast erreicht hatten und Carl bereits den Arm nach dem gewaltigen Riegel ausstreckte, löste sich gleich ein ganzer Schwarm der unschönen Tierchen aus einem schattigen Teil der Gewölbedecke, jagte kreischend keine Armeslänge über unsere Köpfe hinweg durch den Raum und schließlich, vollkommen untypischerweise, durch die erste Tür in den in elektrisches Licht getauchten Teil des Kellers zurück. Judith kreischte entsetzt auf, stolperte an Maria vorbei zurück und griff instinktiv nach Schutz suchend nach meinem Oberarm. Als sie begriff, was sie da soeben getan hatte, machte sie aber sogleich einen weiteren Satz zur Seite und von mir weg. Ihr Blick wanderte gehetzt zwischen dem Durchgang, durch den die Fledermäuse verschwunden waren, und mir hin und her, als wüsste sie nicht, wovor sie sich eigentlich mehr fürchten sollte.

»Es ist … alles in Ordnung«, sagte ich zögernd und trat einen kleinen Schritt auf sie zu, obwohl ich hätte wissen müssen, dass mein Beistand so ziemlich das Letzte war, wonach sie sich sehnte. »Sie sind weg«, sagte ich in der vagen Hoffnung, ein Nicken oder etwas Ähnliches von ihr zu bekommen, was mich davon überzeugt hätte, dass ich mich in der Deutung ihrer Mimik verrannt hatte, aber selbstverständlich geschah nichts dergleichen.

Judith starrte mich noch einen weiteren Augenblick lang aus angstweiten Augen und schwer atmend an, dann wandte sie sich mit einem Ruck von mir ab und bedeutete Carl, die Tür zu öffnen. Mein Magen zog sich schmerzhaft zusammen. Ich hatte ihre Abneigung zur Genüge gespürt, aber die Gewissheit, dass sich in diesem Moment zu dieser auch noch Furcht gesellte, war nicht nur erschreckend, sondern fühlte sich an wie ein kraftvoller Faustschlag mitten ins Gesicht. Anscheinend stand ich auf der Liste der Dinge, mit denen man sie quälen konnte, gleich auf Platz zwei hinter ihrer Fledermausphobie.

Ich musste mit ihr allein reden, und zwar so schnell wie möglich.

Geduckt folgten wir Carl durch den niedrigen, zu unserer Rechten ebenfalls mit Gerümpel voll gestopften Gewölbegang, vorüber an den unheimlichen Kerkerzellen mit den fest in die Wände eingelassenen Eisenringen, vorbei an leeren Benzinkanistern und dem Gerümpel. Wir traten in den Durchgang zu dem Kellerraum mit dem mysteriösen Generator und der altertümlichen Schalttafel sowie den mit »Hausfrauenstolz« und ähnlichen Übertreibungen beschrifteten Einmachgläsern und kamen schließlich in das geheime Büro, das Zerberus vergeblich vor uns zu verbergen versucht hatte.

Carl schaltete das Licht ein und deutete mit einer fast widerwilligen Geste auf die an einer Wand ordentlich aufgereihten Werkzeuge. »Bitte sehr«, sagte er. »Bedient euch.«

»Besten Dank.« Ellen trat an ihm vorbei, drückte ihm die Baupläne in die Hand, reichte Judith die Schaufel, mir die Spitzhacke und eignete sich selbst den Vorschlaghammer an. Dann wandte sie sich wieder dem Kneipenwirt zu. »Sie sagen uns den Weg, wir graben ihn frei«, beschloss sie.

Carl rümpfte die Nase und reckte für einen kurzen Augenblick trotzig sein bärtiges Kinn vor, klemmte sich aber schließlich die Pläne unter den

Arm, ohne einen weiteren Blick darauf geworfen zu haben, und geleitete uns zurück in den Gang, von dem aus die Zellen zugänglich waren. Dort angelangt, blieb er wieder stehen, kratzte sich einen Augenblick lang nachdenklich am Hinterkopf und zog schließlich doch zielsicher den zweiten der Pläne aus der Mappe hervor, um ihn im schwachen Licht des Handscheinwerfers erst in die eine, dann in die andere Richtung zu drehen und mehrfach irritiert und mit in tiefe Falten gelegter Stirn den Kopf zu schütteln.

»Hmmm …«, machte er nachdenklich. »Das ist sehr … Ich meine, das ist nicht so, wie es sein sollte. Ich hatte mir das alles ganz anders vorgestellt.«

»Häh?«, machte Judith verständnislos.

»Der Lageplan stimmt nicht mit dem tatsächlichen Zustand des Kellers überein. Sehen Sie: Der Gang hier ist überhaupt nicht verzeichnet, obwohl er sicher längst vor 1940 erbaut wurde. Und diesen Weg hier …« Er deutete auf einen schwarzen Balken auf dem gelben Papier. »Es gibt ihn nicht mehr und ich kann nicht mit Sicherheit sagen, wo er gewesen ist. Ich vermute … Ich denke, er verbirgt sich, säuberlich verputzt, hinter einer der drei Zellen.«

»Dann klopfen wir die Wände ab«, entschied Judith, betrat die mittlere der verliesartigen Kammern und begann mit dem Griff der Schaufel gegen das Mauerwerk zu klopfen.

Mein innerer Schweinehund äußerte den Wunsch, dass sie dabei keinen zugemauerten Durchgang entdecken würde, denn der Umstand, dass Ellen mir die Spitzhacke zugedacht und Zerberus offen ihr Misstrauen verkündet hatte, machte mir klar, dass die Knochenarbeit letzten Endes an keinem anderen als mir hängen bleiben würde. Und das, obwohl meine Kopfschmerzen sich schon jetzt ganz ohne physischen, wahrscheinlich allein durch den psychischen Stress, dem ich ausgeliefert war, langsam wieder einem nur schwer erträglichen Niveau näherten. Ich wünschte, Stefan hätte nie diese idiotische Kletterpartie unternommen. Würde er jetzt noch leben, hätte er, im Gegensatz zu mir, bestimmt seine helle Freude daran, eine wahrscheinlich seit Jahrzehnten bestehende Mauer niederzureißen.

Judith klopfte das Mauerwerk der Wand gegenüber der Tür systematisch mit dem Griff der Schaufel ab, schüttelte aber nach wenigen Augenblicken enttäuscht den Kopf und wiederholte den Versuch in der rechten Folterkammer. Ich hatte zwischenzeitlich beschlossen, diese menschenverachtend gelegenen Kammern so zu nennen, und befürchtete längst, dass diese Bezeichnung den Nagel absolut auf den Kopf traf. Mein Blick wanderte immer wieder nervös zu dem in der Wand verankerten Eisenring. Wenn ich mir Mühe gab – eigentlich wollte ich mir gar keine Mühe geben, aber der kleine Masochist, der, wie ich hoffte, in jedem Menschen und nicht nur in mir schlummerte, nötigte mich in fast regelmäßigen Abständen dazu, während ich Judith bei ihrer Arbeit beobachtete –, konnte ich die stählernen Fesseln auf geschundenen Knöcheln, mit denen hier vor langer Zeit anscheinend Menschen – Kinder? Konnte man wirklich so grausam sein?! – mit fingerdicken Eisenketten an den Ring gefesselt waren, beinahe spüren.

Dem Stakkato dumpfer Schläge folgten ein, zwei

andere, hohl klingende Laute. Judith klatschte zufrieden in die Hände und mein Schweinehund jaulte gequält auf und verzog sich wimmernd in einen schattigen Winkel meines Charakters.

»Hier!« Judith klopfte demonstrativ ein weiteres Mal mit dem oberen Ende der Schaufel gegen die Wand. »Das ist es. Hier muss der Durchgang gewesen sein. Wir müssen ihn nur wieder frei bekommen.«

»Nur«, wiederholte ich grollend, sagte aber nichts mehr, als Ellens mahnender Blick mich traf.

Gehorsam holte ich mit der Spitzhacke aus und begann (meine Kopfschmerzen tapfer ignorierend) erst kleine, dann immer größere Brocken aus der Gipswand zu schlagen, die sich zum Glück als nicht besonders stabiles Hindernis entpuppte. Es vergingen kaum mehr als fünf Minuten und schon hatte ich einen Durchgang über der schmalen Bank in der Kammer geschaffen, den wir einigermaßen problemlos passieren konnten.

Carl, der zwischenzeitlich den Handscheinwerfer an sich genommen hatte, kletterte als Erster durch die Öffnung und leuchtete in den Gang hinein, der sich tatsächlich dahinter befand. Und wir folgten ihm in der Reihenfolge, in der wir ihm auch vorher schon wie Entenküken durch den Keller nachgewatschelt waren.

»Na also«, stieß Carl zufrieden aus. Er ging den stockfinsteren, staubigen und mit Spinnenweben tapezierten Korridor, der links bereits kurz nach unserem Durchbruch endete, einfach nach rechts entlang und schlug gute zwanzig Meter weiter an dessen Ende zielsicher den linken der zwei angrenzenden Korridore ein. »Ein bisschen was steht ja noch immer so da, wo es sich vor vierzig Jahren befunden hat. Da lang.«

Er leuchtete mit der Taschenlampe in einen schmalen, türenlosen Durchgang zu seiner Rechten, der so unscheinbar war, dass ich ihn mit ziemlicher Sicherheit überhaupt nicht bemerkt hätte, wenn ich allein durch den Korridor geirrt wäre. Allerdings wurde das auch nicht unwesentlich durch den Umstand beeinflusst, dass mittlerweile meine Kopfschmerzen die Qualität eines Migräneanfalls wieder erreicht hatten. Meine gesamte Wahrnehmungsfähigkeit wurde durch das brutale Pochen, von dem ich mir einbildete, es müsse fast heftig genug sein, dass es sogar ein Außenstehender als ein Pulsieren unter meiner dünnen Kopfhaut sehen könnte, erheblich beeinträchtigt. Im nächsten Gang wandte sich Carl nach ein paar Schritten erneut nach links, dann wieder nach rechts und dann noch einige Male in alle erdenklichen Richtungen, und als jeder von uns seine Orientierung rückstandslos eingebüßt hatte und begriff, dass es sich bei dem Wirrwarr von Strichen, Balken und Quadraten, das uns auf den Karten wie ein Labyrinth vorgekommen war, tatsächlich um ein solches handelte, hielt er inne, breitete den dritten der Pläne sorgsam auf dem von einer zentimeterdicken Staubschicht bedeckten Zementboden aus und drückte mir die Taschenlampe in die Hand, damit ich ihm leuchten sollte. Der Gang, in dem wir uns befanden, endete nach kaum zwanzig Metern in einem gewaltigen Geröllhaufen. Die Decke an seinem Ende war eingestürzt und bildete zusammen mit anderen Gesteinsbrocken, feuchter Erde und den Strängen einiger Tiefwurzler, die sich bis hierher durchgearbeitet hatten, ein unüberwindbares Hindernis. Anders als in den Gängen, die wir zuvor passiert hatten, roch es hier nicht nur nach staubiger, düsterer Geschichte, sondern zusätzlich feucht und modrig, insgesamt ungefähr so, wie ich mir den Geruch einer Gruft in einem alten Vampirstreifen vorstellte.

Ellen lehnte sich an eine der vor mindestens einem halben Jahrhundert zum letzten Mal gestrichenen Wände, während Carl aufmerksam, aber zur allgemeinen Verunsicherung mit leicht irritiertem Gesichtsausdruck, die Karte studierte. Dann aber trat sie schnell einen Schritt von der Wand weg, als der alte Putz hinter ihrem Rücken zu bröckeln begann und Staub und kleine Putzklümpchen in ihren Ausschnitt und auf ihr Haar herabrieselten. Maria trat, durch irgendetwas aufmerksam geworden, an ihr vorbei, knipste ein Feuerzeug an und begann mit dem Fingernagel an einer Stelle zu kratzen, von der bereits etwas von dem weißen Putz abgebröckelt war.

»Da ... steht etwas«, sagte sie nachdenklich und mehr zu sich selbst als an einen von uns gewandt.

Judith zog das Tranchiermesser aus dem Hosenbund unter dem T-Shirt hervor und begann vorsichtig, die Farbe von der Wand zu kratzen. »Tatsächlich«, bestätigte sie.

Auch Maria zog ihr Küchenmesser hervor und mit Ellens Hilfe hatten sie den Schriftzug, der unter der Farbe verborgen gewesen war, schnell freigekratzt.

»Funkraum«, las Judith laut vor. »Wofür ein

Müttergenesungsheim oder eine Schule wohl einen Funkraum braucht?«

»Wozu braucht es ein Labyrinth?« Ellen zuckte mit den Schultern. »Oder einen Laborkomplex und Kerkerzellen?«, stellte sie ihre eigene Theorie von den menschlichen Versuchstieren, die sie im Lehrerhaus ausgesprochen hatte, ganz beiläufig wieder in Frage.

»Das ist *gotische* Schrift«, warf Maria ein, plötzlich wieder ganz in dem belehrenden Tonfall, den niemand von uns während der vergangenen Viertelstunde vermisst hatte. »Sie weist auf eine militärische Einrichtung innerhalb der Burg hin, was wiederum bedeutet, dass dieser Funkraum schon vor dem Genesungsheim hier existiert hat. Und noch viel länger vor dem Internat«, fügte sie mit einem herablassenden Seitenblick auf Judith hinzu.

Judith klopfte prüfend mit der Schaufel gegen die Wand. »Das klingt tatsächlich hohl«, stellte sie fest. »Frank? Könntest du bitte –«

»Nein«, fiel Carl ihr ins Wort, während er die Karte wieder zusammenfaltete, sie in die Mappe zurückschob und aufstand, wobei er sich stöhnend die Knie rieb, die nach den Minuten in hockender Position anscheinend schmerzten. Vielleicht hatte er nicht nur in modischer Hinsicht den Wechsel der Jahrzehnte versäumt, dachte ich fast mitleidig bei mir, sondern auch seinen eigenen Alterungsprozess, mit dessen Folgen er nun umso härter konfrontiert wurde. Er kleidete sich zwar immer noch wie ein Teenie aus den Siebzigern, als lange Haare und Jeanshosen, die so eng waren, dass sich die Genitalien deutlich darunter abzeichneten, noch hip gewesen waren. Tatsächlich musste er allerdings das durchschnittliche Woodstockbesucheralter längst überschritten haben.

Der kleine Krampf, der meine Glieder gepackt hatte, als Judith dazu angesetzt hatte, mich darum zu bitten, eine weitere Wand niederzureißen, löste sich wieder. Ich verkniff mir einen erleichterten Seufzer und das Bedürfnis, Carl zu umarmen und ihn dankbar an mich zu drücken. Zu Recht, wie ich schnell feststellen musste, denn der Wirt schüttelte den Kopf und leuchtete mit der Lampe auf eine Stelle an derselben Wand, keine fünf Meter von dem Geröllhaufen am Ende des Ganges entfernt.

»Nicht hier«, sagte er und machte eine auffordernde Geste zu mir her. »Da hinten müssen wir durch. Ein paar Meter weiter rechts.«

»Sicher.« Ich folgte mit dem Blick dem Strahl des Scheinwerfers und betrachtet dann die Decke über der mit Licht gekennzeichneten Stelle mit einer Grimasse, bei der ich im Nachhinein froh war, dass ich sie nicht vor einem Spiegel gezogen hatte. Während sich die Decke nur wenige Schritte weiter so bedrohlich in die Tiefe neigte, dass sie befürchten ließ, einzustürzen, wenn jemand hustete, bildete sie in unmittelbarer Nähe der planmäßigen Durchbruchsstelle noch eine Waagerechte, wurde aber bis zur Mitte des Ganges von unzähligen Haarrissen und kleinen Spalten durchzogen. »Nur falls mir die Decke auf den Kopf fällt und der Staub euch kurzfristig die Sicht raubt: Judith hat die Schaufel«, bemerkte ich und tippte mit der freien Hand auf meine Armbanduhr. »Und passt bitte ein bisschen auf, wenn ihr nach mir buddelt. Die Uhr war teuer.«

»Wollen Sie nun hier raus oder nicht?«, antwortete Carl unbeeindruckt.

»Wollen wir«, beantwortete Judith die ohnehin rein rhetorische Frage des Wirtes, klopfte ein paarmal an der Stelle gegen die Wand, wo Carl mich angewiesen hatte, sie einzureißen, und dann noch eine Elle weiter links. Sie zog ein anerkennendes Gesicht und sagte: »Respekt. Genau hier scheint ein weiterer Hohlraum zu beginnen.«

Ich seufzte tief, trat zu ihr heran, holte aus, bremste jedoch den Schlag auf ein milderes Niveau ab, ehe der Stahl der Spitzhacke den Putz berührte. Dabei ließ ich die Decke schräg über mir mit einem misstrauischen Schielen keine Sekunde aus den Augen. Aber sie fiel mir nicht, wie ich befürchtet hatte, im nächsten Moment auf den Kopf und sie bekam auch keinen sichtbaren neuen Riss, so dass mein nächster Hieb mit etwas mehr Mut auf den porösen Putz traf. Dieser gab schnell und großflächig nach, doch damit hörte die Glückssträhne, die mich den ersten Durchgang in verhältnismäßiger Leichtigkeit hatte schaffen lassen, auch schon auf. Unter dem Putz befand sich eine zentimeterdicke Schicht aus steinhartem Gusszement, den zu durchbrechen mich nicht nur enorm viel Mut und Kraft kostete, sondern auch eine gewaltige Portion Selbstdisziplin und Durchhaltevermögen: Das stetige Pochen in meinem Kopf, mit dem ich bereits seit geraumer Zeit wieder zu kämpfen hatte, steigerte sich schon nach wenigen Schlägen wieder in ein Übelkeit erregendes Hämmern. Mein Hinterkopf fühlte sich weich an – um nicht zu sagen: regelrecht matschig. Und den Schwindel, der langsam, aber beständig zunahm, drückte ich nur dadurch auf einen Pegel hinunter, der mich nicht aus den Latschen warf, indem ich mich mit aller Macht auf das roboterhafte Stakkato konzentrierte, in dem meine Arme in einer monotonen Bewegung mit der Spitzhacke auf den nur in Bröckchen und Krümeln weichenden Zement eindroschen. Irgendwann erbarmte sich Ellen in einer selbstlosen Geste (ich glaubte nicht, dass sie in ihrem ganzen Leben je ein Werkzeug in die Hand genommen hatte, das mehr Muskelkraft beanspruchte als ein Skalpell), mich mit dem Vorschlaghammer zu unterstützen. Damit schränkte sie mich zwar in meiner Bewegungsfreiheit ein und behinderte mich und außerdem hatte es zur Folge, dass mir das bloße Schielen auf die baufällige Decke nicht mehr genug sein konnte. Mein Blick wanderte also ständig nach vorn und nach oben, aber ich protestierte nicht und bemühte mich, ihre Unterstützung als eine Ehre für mich anzusehen, obwohl ich eigentlich wusste, dass sie sich nicht für meine Wenigkeit aufopferte, sondern wie alle anderen hier auch ausschließlich für sich selbst und weil sie so schnell wie möglich hier herauskommen wollte. Maria wandte ihre Aufmerksamkeit derweil dem eingestürzten Ende des schmalen Korridors zu, das sie im flackernden Licht des Feuerzeuges untersuchte.

»Hier ist offenbar eine Sprengung vorgenommen worden«, stellte sie schließlich in genau dem Augenblick fest, in dem mir ein weiteres Stöhnen entwich, weil ich feststellen musste, dass sich hinter der Zementschicht eine sicher nicht instabile Mauer aus Ziegeln und Bruchsteinen befand. Ich konnte die Übelkeit, die die Schmerzen in meinem Kopf hervorgerufen hatten, kaum noch unterdrücken und sandte ein stummes Gebet zum Himmel, dass ich nicht in die Verlegenheit geraten möge, Ellen kurzerhand auf ihre zierlichen Füße zu kotzen. Dennoch drosch ich unbeirrt, aber mit schwindender Kraft und längst bis auf die Knochen von Schweiß durchnässt, weiter auf die Wand vor mir ein.

»Hinter dem Schuttwall müssen noch drei weitere Räume verborgen liegen«, erklärte Maria; sie hatte die Ledermappe an sich genommen und Plan drei, nachdem sie sich unseren aktuellen Standort von Zerberus auf dem Papier hatte zeigen lassen, im Schein der Flamme aufmerksam studiert. »Leider gibt es keine Bezeichnungen dafür. Aber einer davon hatte wohl einen Starkstromanschluss. Einer der anderen mehrere Wasserzuleitungen und eine beckenartige Vertiefung. Versteht ihr das?«

Die Überraschung über die Tatsache, dass Maria – unser allwissendes Orakel! – eine waschechte Frage an uns gerichtet hatte, ließ mich für einen kleinen Moment in meiner Arbeit innehalten und auch Ellen konnte sich ein erstauntes Stirnrunzeln nicht verkneifen. Zuzugeben, dass sie etwas nicht wusste, das grenzte in Marias Fall an ein an die Allgemeinheit gerichtetes Friedensangebot. Ellen war aber offenbar nicht nach Waffenstillstand zumute. Die aggressive Spannung, die sich bereits während unserer ersten Sightseeing-Tour durch den Gewölbekeller bemerkbar gemacht und noch eine geraume Weile nach unserer Rückkehr in die Küche angedauert hatte, ehe sie auf ein einigermaßen natürliches Maß angesichts der besonderen Umstände abgeklungen war, kehrte deutlich merkbar zurück. Sie stieg, wie mir in diesem Augenblick bewusst wurde, direkt proportional zu meinen Kopfschmerzen weiter an. Ich verspürte den Drang, jemanden zu schlagen – entweder Carl, um ihn dazu zu bringen, endlich all die Dinge offen zu legen, die er uns meiner Meinung nach verschwieg, oder Ellen, weil ich sie nicht leiden konnte, oder Maria, weil ich sie noch weniger als nur nicht, sondern absolut überhaupt nicht und auf gar keinen Fall ausstehen konnte, oder meinetwegen sogar Judith, weil ihr Verhalten mir gegenüber an meinem Ego kratzte und mich tief verletzte. Zusätzlich nahm ich in diesem Moment wieder etwas wahr, was ich heute bereits zweimal verspürt hatte und was mir im Nachhinein so verrückt, so irreal vorgekommen war, dass ich es ohne Eintrittskarte für mein Langzeitgedächtnis aus dem Kurzzeitgedächtnis verdrängt hatte: das Gefühl von wummernden Bässen, die ihre Schallwellen geschickt an meinen Ohren vorbei direkt in meinen Bauch hineinlenkten.

Ich schloss die Augen und dachte an nichts anderes als die Bewegung meiner Arme, die weiter mit der Hacke auf die Mauer einschlugen. So verpasste ich die entscheidenden drei, vier Hiebe, die das Mauerwerk tatsächlich zum Einsturz brachten. Als ich die Augen wieder öffnete, befand ich mich vor einem klaffenden Loch, mit kaum einem halben Meter Durchmesser. Mit dem letzten Schlag, den ich vollführte, lösten sich tatsächlich einige Gesteinsbrocken aus der Decke über mir, aber das nahm ich kaum noch wahr. Dann kehrte ein Kribbeln in meine betäubten Beine zurück und Schwindel und Schmerz wurden so übermächtig, dass ich die Spitzhacke sinken lassen und mich darauf abstützen musste. Ich rang verzweifelt um mein Bewusstsein und drängte gleichzeitig Galle und Magensäure, die sich langsam, aber entschlossen ihren Weg durch meine Speiseröhre in meinen Hals hinaufbahnten, an die ihnen zugedachten Orte zurück. Bunte Pünktchen flimmerten hinter meinen geschlossenen Lidern.

Nicht schon wieder! Ich zwang mich, die Augen zu öffnen, und beobachtete schwer atmend und durch einen Schleier der Benommenheit hindurch Ellen dabei, wie sie mit einem Gesichtsausdruck, als litte auch sie mittlerweile unter Kopfschmerzen, die Taschenlampe an sich nahm und in den Raum hinter dem Durchbruch hineinleuchtete, den ich mit buchstäblich letzter Kraft geschaffen hatte. Ich konnte – ich durfte! – jetzt nicht wieder das Bewusstsein verlieren! Abgesehen von der Tatsache, dass mir eine größere Peinlichkeit gar nicht hätte unterlaufen können (außer, einer der Damen über die Füße zu reihern, versteht sich), stand für mich nach wie vor fest, dass Stefans Mörder sich unter uns befinden musste. Ich war nicht sicher, ob ich jemals wieder erwachen würde, wenn ich hier im Keller zusammenbrach. Die anderen würden mich hier liegen lassen, davon war ich überzeugt. Und der Mörder würde zurückkehren und mir die Pulsschlagadern durchtrennen, während ich schlief. Ich musste wach bleiben, egal wie.

Ich ließ die Spitzhacke fallen, lehnte mich schwer atmend an die gegenüberliegende Wand, biss mir in die geballte Faust und konzentrierte mich auf den stechenden Schmerz, der durch meine Hand schoss, während ich gedanklich im Rhythmus meines Atems zu zählen begann. Nach den positiven Erfahrungen, die ich in der Empfangshalle mit Rechenaufgaben gemacht hatte, hätte ich mir gerne eine solche gestellt. Aber der unerträgliche Schmerz hatte von meinem Gehirn nichts als Brei übrig gelassen, daher vermochte es sich nicht einmal mehr eine solche auszudenken, geschweige denn zu lösen. Das bloße Zählen und der neue kontrollierte Schmerz, den ich mir selbst zufügt hatte, taten jedoch ihre Wirkung: Es gelang mir, mich zumindest von dem Schwindel abzulenken, und er zog sich schmollend und langsamer, als mir lieb gewesen wäre, zurück. Die Kopfschmerzen und das Wummern in meinem Bauch jedoch blieben.

Judith schenkte mir einen Blick, der irgendwo zwischen Unsicherheit, Herablassung und Mitleid schwankte, mir insgesamt aber deutlich mehr behagte als die blanke Panik, mit der sie mich vorhin im ersten Kellerraum betrachtet hatte. Sie bückte sich nach der Spitzhacke und begann mit entschlossenen, kräftigen Hieben das Loch zu erweitern, das ich in die Wand geschlagen hatte. Wären die Schmerzen in meinem Kopf nicht so unerträglich gewesen und hätte ich mich nicht zu schwach dazu gefühlt, hätte ich in diesem Augenblick wahrscheinlich einen anerkennenden Pfiff verlauten lassen. So aber nahm ich nur staunend zur Kenntnis, mit wie viel Temperament die mopsige junge Frau auf das alte Mauerwerk eindrosch. Ich dachte daran zurück, wie ich am Abend in meinem Zimmer oben gelegen hatte und nahm mir fest vor, ihr beim nächsten Mal etwas mehr Initiative zu überlassen – wenn es denn ein nächstes Mal gab, was zumindest ein klärendes

Gespräch unter vier Augen und eine ganze Menge Feingefühl meinerseits voraussetzte. Judith ohne allzu große Anstrengung mit so viel Power arbeiten zu sehen hatte jedoch etwas gewissermaßen Erotisches, was mir selbst in meiner miserablen körperlichen Verfassung nicht entging.

Wieder rieselte Putz von der Decke und dieses Mal blieb es nicht bei einem vereinzelten kleinen Brocken: Mindestens anderthalb Pfund Gesteinsklumpen polterten auf den Boden zu meinen Füßen herab, begleitet von einer kleinen Staubwolke, die meine Lunge reizte und mich zum Husten brachte. Der Schmerz in meinem Schädel bekam einen weiteren Schub, so dass mein Husten in ein gequältes Keuchen überging. Das seltsame Wummern in meinem Bauch wurde heftiger und erfüllte alle meine Innereien zwischen Leisten und oberen Rippen und für einen kurzen Moment hatte ich einmal mehr das Gefühl, dass der Boden unter meinen Füßen vibrierte.

Dann war der ganze Spuk vorbei. Von einem Lidschlag zum nächsten war nichts mehr da: Weder die Kopfschmerzen noch die mit ihnen einhergehende Übelkeit oder das für sich allein genommen gar nicht einmal unangenehme Gefühl wie von viel zu laut aufgedrehten Boxen. In der Sekunde, in der der Boden unter meinen Füßen wieder stillstand, war alles weg, so plötzlich und so restlos, als hätte es nichts von alledem je gegeben. Alles, was noch daran erinnerte, war ein Gefühl von Schwäche und Erschöpfung, als hätte ich gerade den Iron Man mit Bravour gemeistert.

Judith hatte das Loch in der Wand binnen kürzester Zeit weit genug vergrößert, dass auch sie, die von uns allen den meisten Speck auf den Rippen hatte, mühelos hindurchklettern konnte. Das tat sie auch, dicht gefolgt von Ellen, Maria und schließlich von mir. Carl hatte mir geistesgegenwärtig unter die Achseln gegriffen und mich vor sich her auf den Durchbruch zugeschoben, nachdem ich aus eigener Kraft nur einen einzelnen, deutlich schwankenden Schritt auf die andere Seite zu getan hatte. Der Wirt war schließlich der Letzte, der den Durchbruch passierte.

»Ehrliche Arbeit ist nicht so dein Ding, was?«, spottete Ellen, als ich noch immer schwer atmend Halt an der Wand neben dem Loch suchte. Dabei ging es ihr selbst allem Anschein nach auch nicht so blendend, wie sie vorzugeben versuchte. Der Strahler in ihrer Hand zitterte merklich und ihr Gesicht leuchtete bleich in der Finsternis, gegen die der Schein der Lampe einen erbitterten, von wenig Erfolg gekrönten Kampf aufgenommen hatte.

»Es geht ihm beschissen.« Überrascht stellte ich fest, dass es ausgerechnet Judith war, die mir ein wenig Rückendeckung vor der jungen Ärztin zu geben versuchte.

Ich zog es trotzdem vor, nichts zu sagen, denn meine freudige Überraschung genügte nicht, die Aggressivität, die fast greifbar in der Luft lag, deutlich zu überdecken, so dass ich eine weitere Eskalation an diesem Abend fürchtete, wenn wir den Fehler begingen, mehr als unbedingt nötig miteinander zu reden. Stattdessen blickte ich mich konzentriert in dem Gang um, auf den wir gelangt waren. Ellen schluckte eine weitere Bemerkung herunter und ließ den Lichtkreis langsam über die auch auf dieser Seite sorgfältig verputzten und weiß gestrichenen Wände gleiten, während wir uns langsam durch den neu entdeckten Flur tasteten. Zu unserer Linken gab es einen Durchgang in den Raum, der ursprünglich auch von der anderen Seite zugänglich gewesen sein musste, denn neben dem türenlosen Rahmen prangte ein mit dem auf der anderen Seite vollkommen identischen gotischen Schriftzug: Funkraum. Maria wollte gerade, von brennender Neugier gepackt, dort eintreten, aber Carl hielt sie zurück und deutete in die entgegengesetzte Richtung.

»Wir sollten uns an die Pläne halten«, sagte er bestimmt. »Und zwar stur und ausschließlich. Und sogar dann können wir noch von Glück reden, wenn wir nicht die Orientierung in diesen Katakomben verlieren.«

Ich biss mir auf die Zunge, um nicht anzumerken, dass wir uns abgesehen von ihm vermutlich alle längst so gut zurechtfanden, wie verirrte Blattläuse in einem Ameisenbau, und nickte bekräftigend. Fast beleidigt wandte sich Maria von der Kammer ab und folgte Ellen und Judith, die langsam vorausgingen, uns den Weg leuchteten und den Strahl der Lampe über die Wände und schließlich einen Moment überrascht an der Decke entlangwandern ließen.

Fingerdicke Kabelstränge, umhüllt von porösem, jahrzehntealtem Isolierband, verliefen unter der gewölbten und dadurch einen Deut zu niedrig scheinenden Decke wie unheimliche schwarze Würmer. An den Seiten waren dicke, ovale Glaslampen in regelmäßigen Abständen angebracht. Keine zehn Schritte von unserem Durchbruch entfernt grenzten im Abstand von vier oder fünf Metern zwei weitere Räume an den Flur. Neben jedem befand sich ein altertümlicher Drehschalter und auch sie waren seitlich des Eingangs mit je einem gotischen Schriftzug gekennzeichnet. Ich fühlte mich immer mehr wie bei einer Zeitreise in eine andere Epoche katapultiert, ein halbes Jahrhundert zurück in eine Vergangenheit geschossen, von der ich bislang zum Glück hatte sagen können, dass es mich in dieser Zeit noch nicht gegeben hatte und dass ich, zu meiner Beruhigung, nichts mit den damaligen Ereignissen zu tun hatte.

Der erste der Räume, Lagerraum VII, war, zumindest dem flüchtigen Blick nach, den wir im Vorbeigehen hineinwarfen, vollständig leer und kaum größer als die Zellen, durch die wir in das Labyrinth gelangt waren. Der zweite war sogar noch ein wenig kleiner bemessen und ebenso leer wie der erste, löste aber in meinem Magen, der sich gerade erst von der letzten Übelkeitsattacke erholt hatte, ein mulmiges Gefühl aus, denn obwohl ich laut der Pläne mit einem Fund wie diesem hätte rechnen müssen, erschreckte mich der Schriftzug, der ihn als Versuchsraum III kennzeichnete.

Um mich von den unschönen Ideen abzulenken, welcher Art wohl die Versuche dieses wahnsinnigen Professors gewesen sein mochten, durch dessen labyrinthartigen Komplex wir irrten, wandte ich beim Weitergehen meine uneingeschränkte Aufmerksamkeit Judiths runden Pobacken zu. Viel besser fühlte ich mich dadurch aber nicht. Auch wenn ich noch immer nicht wusste, warum ich in Judith eine so plötzliche Abneigung, ja sogar Angst ausgelöst hatte, war beides bei ihr unbestreitbar immer noch vorhanden. Ich wusste nicht, ob es mir gelingen würde, ihr Vertrauen so weit zurückzugewinnen, dass sie mir in dieser Nacht auch nur freiwillig die Hand reichen würde. Und mit jeder Sekunde, in der ich sie beobachtete und sie am liebsten spontan in den Arm genommen hätte, schmerzte ihr ungerechtfertigtes Misstrauen noch mehr, denn ich verspürte wie ein ängstliches Kind das zunehmende Bedürfnis nach körperlicher Nähe und Geborgenheit.

Wir passierten einen klobigen Sicherungskasten, der mit mächtigen, rostigen Schrauben an der Wand zu unserer Rechten befestigt war; darin gab es gleich vier untereinander angebrachte Reihen mit erdnussgroßen Keramiksicherungen. Judith hielt irritiert inne, legte den Zeigefinger an die Lippen, obwohl niemand gesprochen hatte, und lauschte angestrengt.

»Hört ihr auch, was ich höre?«, fragte sie, stutzig geworden.

Ich lauschte ebenfalls und nickte schließlich, obwohl sie sich, wie ich mir einbildete, mit voller Absicht so hingestellt hatte, dass sie jeden ihrer Begleiter sehen konnte, nur nicht mich. Etwas summte. Es war ein leises, wie von einem modernen Computer stammendes elektronisches Summen, das ich wahrscheinlich überhaupt nicht wahrgenommen hätte, hätte sie mich nicht darauf aufmerksam gemacht; aber nun, da ich mich darauf konzentrierte, war es eindeutig da. Es kam aus der Richtung des Sicherungskastens.

Mein Blick tastete suchend über die Wand in unmittelbarer Nähe des Kastens und tatsächlich gab es auch hier einen der museumsreifen Drehschalter, wie wir sie auch schon am Anfang des Gangs erspäht hatten. Ich streckte den Arm aus und drehte ihn.

Ich hatte eigentlich nicht damit gerechnet, dass meine Handlung irgendetwas bewirken würde, außer vielleicht, dass der uralte Schalter abbrach und ich damit ein Relikt aus der Kriegs- oder Nachkriegszeit zerstörte, für das mir ein Liebhaber in einem Internetauktionshaus vielleicht noch ein paar schlappe Kröten geboten hätte, die ich zu dem Betrag beisteuern konnte, den ich wahrscheinlich für einen Psychotherapeuten aufbringen musste, sobald ich wieder hier heraus war – wenn ich dieses Gemäuer denn jemals lebend verlassen würde und man die kümmerlichen Ersparnisse von meinem Sparbuch nicht in eine schlichte Holztruhe und ein bescheidenes Holzkreuz für mich investieren würde. Doch den Bruchteil einer Sekunde nachdem ich den Porzellanschalter um neunzig Grad gedreht hatte und ein leises Klacken ertönt war, flammten sämtliche unter der gewölbten Decke angebrachten, ovalen Lampen auf und tauchten den gesamten Gang in gleißendes weißes Licht.

Noch nie hatte mich die logische Folge der Betätigung eines Lichtschalters so erschreckt wie in diesem Moment. Geblendet hielt ich mir den Unterarm vor die Augen und blinzelte vorsichtig an ihm vorbei zur Decke. Auch die anderen legten perplex die Köpfe in den Nacken.

Maria fand ihre Sprache als Erste wieder. »Offenbar gibt es hier einen unabhängigen Stromkreis«, stellte sie sachlich fest.

»Ja«, bestätigte Judith mit einem ungläubigen

Kopfschütteln. »Und zwar einen, der funktioniert ... Nach sechzig Jahren!«

»Tja.« Maria zuckte in einer unangemessenen, fast gleichgültig wirkenden Geste die Schultern. »Da lob ich mir deutsche Wertarbeit.«

»Das ist völliger Quatsch«, fiel ich etwas ruppiger als nötig ein. »Geräte, die mehr als ein halbes Jahrhundert lang nicht gewartet worden sind, können nicht funktionieren – Qualität hin oder her. Das ist ein Ding der Unmöglichkeit!«

»Anscheinend nicht.« Ich sah Judith an, dass sie von ihren eigenen Worten wenig überzeugt war, weil sie mir insgeheim Recht geben musste.

Meine Feststellung war weit mehr gewesen als der bloße Hinweis auf technisch Unmögliches, sondern die unausgesprochene Schlussfolgerung, dass sich bis vor nicht allzu langer Zeit noch jemand hier unten herumgetrieben haben musste. Diesen Gedanken weiterzuverfolgen und zu dem Schluss zu kommen, dass die im Plan verzeichneten Labore, Zellen und sonstigen Einrichtungen noch vor kurzem genutzt worden sein könnten oder dass wir vielleicht sogar nicht ganz so einsam und verlassen durch diese Kellergewölbe streiften, wie wir bislang angenommen hatten, traute Judith sich nicht. Sie hätte ihn nicht ertragen. Stattdessen griff sie nach der Mappe, die mittlerweile Maria mit sich trug, und faltete die Pläne auseinander.

»Lagerraum VII«, stellte sie schließlich fest und tippte auf eine so benannte Stelle eines Planes und ging dann mit dem Zeigefinger den voraussichtlichen Weg zu den Kammern unter dem geheimnisvollen Turm nach. »Wir sind hier. Und wenn mich nicht alles täuscht, müssen wir uns am Ende des Flures nach links wenden und dann an der … an der dritten Abzweigung wieder rechts.«

»Das hätte ich euch auch so sagen können.« Carl bückte sich nach den Plänen und faltete sie wieder zusammen. »Wenigstens dieser Teil des Kellers hat sich in den vergangenen sechzig Jahren nicht verändert. Kommt.«

Ich folgte Carl und den anderen nur widerwillig. Der Gedanke an den türenlosen Turm, durch den ich in meinen Wach- und Tagträumen so oft gehetzt war, das Mädchen namens Miriam fest an der Hand und sie trotz ihrer flehenden Schreie unerbittlich hinter mir die schmalen, steinernen Stufen hinaufgezerrt hatte, erfüllte mich mit einer inneren Unruhe, die nicht einmal die Aussicht auf einen Fluchtweg aus diesem Irrgarten zu lindern vermochte. Wobei Unruhe eigentlich das falsche Wort war – tatsächlich erfüllte mich die Vorstellung, so nahe an den finsteren Turm zu gelangen, mit echter Angst, die meine Drüsen dazu veranlasste, neuen, eiskalten Schweiß zu dem bereits von der Anstrengung vorhandenen auf meiner Stirn und in meinem Nacken zu produzieren. Obwohl inzwischen auch die Schwäche, die den Schmerz und den Schwindel abgelöst hatte, weitestgehend den Rückzug angetreten hatte, waren meine Knie noch immer weich und von zunehmender Taubheit erfüllt, je weiter wir in das Labyrinth unter der Burg vordrangen.

Zumindest auf den ersten paar Dutzend Metern behielt Carl mit seiner Behauptung über den unveränderten Zustand des Kellers Recht. Am Ende des Flures bogen wir nach rechts ab und fanden uns in einem breiten, fast saalartigen Durchgang wieder. Er war zwar ebenfalls beleuchtet, aber nicht so hell wie der vorausgegangene und im Gegensatz dazu befand er sich nicht in nahezu unversehrtem Zustand, sondern bot einen vollkommen verwüsteten Anblick. An vielen Stellen war auch hier die Gewölbedecke gerissen und stellenweise mehr als kopfgroße Gesteinsbrocken waren aus ihr herausgefallen, so dass wir unsere Schritte verlangsamten und auf der Hut vor weiterem Steinschlag in geduckter Haltung durch den Gang schlichen. Nur noch wenige der Deckenlampen, die auch hier ursprünglich in akribischen Abständen angebracht gewesen waren und nun teilweise fehlten oder bedrohlich lose über unseren Köpfen schaukelten, funktionierten und die, die es taten, tauchten das Chaos, das uns hier begrüßte, in ein unheimliches, flackerndes Licht. Fünfzehn, vielleicht zwanzig verbogene Metallbettgestelle rosteten zu den Seiten des Flures vor sich hin oder lagen in Einzelteilen zwischen Geröll und Staub auf dem Boden verstreut, zusammen mit den dazugehörigen, schimmeligen Matratzen, deren Bezüge an vielen Stellen zerfetzt oder schlichtweg durchgeschimmelt waren, so dass Federn und gelber Schaumstoff aus ihnen hervorquollen. Überall lagen zerrissene, vergilbte Dokumente herum, die, wie ich schnell feststellte, alle einen Reichsadler mit Hakenkreuz als Kopfzeile trugen.

Ich bückte mich nach einer Hand voll Blätter, überflog sie, wurde aber nicht wirklich schlau aus den endlosen Zahlenkolonnen und knappen, handschriftlichen Anmerkungen an einigen Stellen der Listen. Zumindest aber begriff ich, dass es sich bei den Papieren, die überall auf dem Gang verstreut lagen, überwiegend um Laborprotokolle handeln musste, und sagte das den anderen. Auf einem der Blätter fand ich einen ausführlicheren, handschriftlichen Vermerk, den ich laut vorlas: *Obersturmbannführer Krause beweist bemerkenswertes Talent bei der Selektion. Belobigung ans RuSHA schicken.*

»Rasse- und Siedlungshauptamt der SS«, erläuterte Maria das Kürzel fast mechanisch.

Auch Ellen sammelte im Vorbeigehen ein paar der teilweise nur noch in Fetzen vorhandenen Protokolle auf und überflog sie stirnrunzelnd. Zweifellos konnte sie weitere Schlüsse daraus ziehen als ich. »Das hier sind Blutwerte«, stellte sie fest und versuchte vergeblich eine flapsige Bemerkung, die unsere bedrückte Stimmung, die alle beim Anblick der unzähligen Laborberichte und der alten Bettgestelle ergriffen hatte, etwas zu heben. »Ein bisschen wenig Zucker, aber ansonsten ganz in Ordnung.« Niemand sagte etwas. Die Ärztin bückte sich nach einem weiteren kleinen Papierstapel und machte plötzlich einen sehr ernsten und nachdenklichen Eindruck. »Schädelvermessungen«, flüsterte sie kopfschüttelnd und ließ ein Blatt nach dem anderen nach einem prüfenden Blick zurück auf die Erde segeln. »Sehr, sehr viele Schädelvermessungen ...«

Ich hatte keine Ahnung, zu welchem Zweck man Schädelvermessungen vornahm, und zog es vor, zum Schutz meines deutlich angeschlagenen Nervenkostüms nicht darüber nachzudenken. Daher trat ich allen durch die Baufälligkeit des Korridors ausgelösten Bedenken zum Trotz eilig an den Frauen vorbei und folgte Carl, der kein besonderes Interesse an den herumfliegenden Dokumenten zeigte und bereits ungeduldig an der dritten rechts einmündenden Abzweigung auf uns wartete.

Der Geruch von Fäulnis und Moder, der uns spätestens seit dem Moment, in dem wir den zweiten Durchbruch passiert hatten, entgegenschlug, wurde noch intensiver und ließ beunruhigende Erinnerungen an alles, was ich in meinem Leben über die Gefahren von Schimmel gehört hatte, in mir aufsteigen. Ich fragte mich einen Moment lang, ob es möglich war, dass meine ständigen Migräneattacken genau darin begründet lagen. Der Gang, den ich nach Carl betrat, stand dem vorausgegangenen in Sachen Chaos in nichts nach – im Gegenteil: Hier war allem Anschein nach noch schlimmer und gründlicher gewütet worden. Keines der Betten in dem gut zehn Fuß breiten, aber kaum mehr als zwanzig Meter tiefen Raum war unbeschädigt geblieben, und was man bei den Papieren im Vorraum mit gutem Willen noch auf den Verfall nach so langer Zeit hätte schieben können, war hier eindeutig mutwillige Zerstörung. Ein großer Teil der hier herumliegenden Dokumente war zu kleinen Fetzen zerrissen worden. Die Decke war auch hier beschädigt und am Ende des Raumes eingestürzt, so dass ein gewaltiger Berg von Stahlbetonschutt, Betonbrocken, Erdklumpen und Gestein aus dem Burgberg über dem Keller ein Weitergehen unmöglich machte. Weitere Betonbrocken hingen, der Schwerkraft auf wundersame Weise trotzend, von Moniereisen durchzogen von der Decke und zwischen ihr und dem Schuttberg auf dem Boden war nur eine kaum vierzig Zentimeter breite Lücke geblieben, durch die man sich vielleicht mit viel Willenskraft hindurchquetschen konnte, aber nur unter Lebensgefahr.

»Gesprengt.« Maria, die zusammen mit den beiden anderen hinter mich getreten war, kommentierte, was sie sah. »Hier wollte wohl jemand Akten vernichten und hat nach halb getaner Arbeit beschlossen, dass es einfacher ist, den Zugang zu blockieren.«

»Was bedeutet, dass es tatsächlich einen Ausgang irgendwo hinter dem Wall gibt«, schlussfolgerte Judith und drückte mir im Vorbeigehen die Spitzhacke in die Hand. Sie selbst kletterte furchtlos auf den Geröllberg unterhalb der Decke, die jeden Augenblick gänzlich einzustürzen drohte, und begann entschlossen, Schutt und Steine Schaufel für Schaufel beiseite zu räumen.

Einen Augenblick lang zögerte ich, folgte ihrer unausgesprochenen Aufforderung aber dann doch und begann mit der Hacke die größeren der Brocken in kleinere Stücke zu schlagen, damit sie sie beiseite schaffen konnte. Carl begann mit bloßen Händen ein paar größere Steine fortzutragen und Ellen und Maria bemühten sich darum, die Erdklumpen mit den Füßen aus dem Weg zu schieben. Aber bereits nach wenigen Minuten Arbeit, die kaum von sichtbarem Erfolg gekrönt waren, geschah das Befürchtete: Ein Knirschen und Bersten ertönte, eine Hand voll Staub rieselte als böse Vorankündigung auf uns herab, dicht gefolgt von einer Menge kleinerer Steine und einem Geröllbrocken von der Größe eines mittleren Medizinballes. Dieser hätte Judith auf der Spitze des Schuttberges mit an Sicherheit grenzender Wahrscheinlichkeit augenblicklich erschlagen, hätte sie nicht schnell genug reagiert und einen Satz rückwärts gemacht. Das rettete ihr zwar das Leben, ließ sie aber mit einem erschrockenen Aufschrei und wild rudernden Armen rückwärts den kleinen Berg hinabrutschen und, an seinem Fuß angelangt, unsanft auf dem Rücken aufschlagen. Der Betonbrocken kullerte ihr polternd nach und blieb nur Zentimeter neben ihrem rechten Arm auf dem Boden liegen.

Mit einem Satz war ich neben ihr, beherrschte mich aber, die Hand nach ihr auszustrecken und ihr beim Aufstehen zu helfen. Die Panik, mit der sie mich betrachtet hatte, als ich ihr das letzte Mal zu nahe getreten war, stand mir noch zu deutlich vor Augen. Stattdessen eilte Carl herbei, packte sie unter den Armen und zog sie auf die Füße zurück. Judith fluchte und betrachtete mehr verärgert als schmerzgeplagt die blutigen Schürfwunden an ihren Ellbogen, die sie sich bei ihrer Schlitterpartie zugezogen hatte.

Ich wischte mir mit dem Handrücken den Schweiß von der Stirn und schüttelte den Kopf.

»Das ist aussichtslos.« Ich warf einen vielsagenden Blick in Richtung der rissigen Decke. »Hier kommen wir niemals lebend durch.«

Judith kletterte unbeeindruckt zurück, nahm die Schaufel wieder an sich und arbeitete fast wie im Wahn weiter. Sie musste die Unsinnigkeit und Gefährlichkeit ihres Tuns genauso realisieren wie ich, viel besser sogar, denn schließlich war sie vor Sekunden erst knapp einer bösen Verletzung, wenn nicht gar dem Tod, entgangen. Aber sie wollte, sie *konnte* nicht einfach aufgeben. Das Gefühl, gefangen zu sein, außerdem der Tod von mindestens zwei, vielleicht drei Menschen an einem einzigen Abend und Angst, sich mit einem Mörder hier auf der Burg zu befinden, machte nicht nur sie, sondern uns alle vollkommen verrückt. Sie musste hier heraus, so schnell wie möglich, egal wie und was auch immer es sie kostete. Nichts anderes demonstrierte sie uns mit ihrem fieberhaften Aktionismus.

»Vielleicht.« Ellen bedachte die pummelige junge Frau mit einem fast mitleidigen Blick, trat ein paar Schritte zurück und sah sich suchend im Raum um. Schließlich winkte sie Carl und mir, ihr in den Vorraum zu folgen, und deutete auf mehrere relativ gut erhaltene alte Bettgestelle. »Wir können die Rahmen als Stützen verwenden«, schlug sie vor. »Zwischen Schutt und Decke geschoben, können sie ein weiteres Nachrutschen vielleicht blockieren.«

Ich war nicht überzeugt von ihrem Einfall und wandte mich dem Wirt zu. Gibt es wirklich keinen anderen Weg?«, fragte ich mit einem Anflug von Hoffnung. »Ich … Es geht mir schon wieder viel besser. Wir könnten einen anderen Durchbruch schaffen.«

»Keine Chance.« Carl schüttelte bedauernd den Kopf. »Dieser Gang ist die einzige Verbindung zu dem Bereich unter dem Turm. Um diesen Kellerabschnitt herum befindet sich das Gleiche wie über uns: meterdickes Gestein aus dem Burgberg und kaum weniger harte Erde.«

Ich seufzte tief, fügte mich Ellens Vorschlag und machte mich mit Carl an die Arbeit. Ihre Idee war besser als überhaupt keine, denn sonst hätten wir aufgeben und in die Burg zurückkehren müssen. Wir hatten nur diese eine Chance.

Tatsächlich kamen wir in dem baufälligen Tunnelabschnitt besser voran, als ich erwartet hatte, nachdem wir die eisernen Bettgestelle als improvisierte Stützen mit mehr gutem Willen als Geschick seitlich zwischen Decke und Geröll geschoben hatten: Ein paarmal knirschte es bedrohlich über uns, so dass alle außer Judith innehielten und mit angehaltenem Atem nach oben blickten, aber nichts geschah. Dafür mussten wir feststellen, dass der Hügel nach hinten hin weiter in den Gang hineinreichte, als er spontan hatte vermuten lassen, mindestens acht, vielleicht zehn oder noch mehr Meter. Der Schweiß, der meine Kleider zuvor schon durchtränkt hatte, rann bereits in Strömen an der Haut unter meinen Jeans hinab in meine Schuhe, als wir den Durchgang zu schätzungsweise zwei Dritteln notdürftig frei geschaufelt hatten. Immer wieder schoben wir die Gestelle weiter vor und bald darauf an jeder Seite zwei weitere von hinten nach.

Als ich mich gerade, dicht gefolgt von Carl, an den anderen vorbeigequetscht hatte, um ein drittes und voraussichtlich letztes Mal Nachschub an Bettrahmen aus dem vorausgegangenen Kellerraum zu holen, durchfuhr ein plötzlicher, von überall her gleichzeitig kommender Schmerz meinen Kopf, der sich im Zentrum meines Hirns zu einem pochenden Klumpen verbündete und den Bruchteil einer Sekunde darauf zu explodieren schien. Ich schrie vor Schmerz und Schreck auf, kämpfte einen kleinen Augenblick lang vergeblich um mein Gleichgewicht, ein ganzes Feuerwerk von grellbunten Punkten vor Augen, taumelte einen Schritt vor und griff instinktiv nach irgendetwas, um einen Sturz von dem Schuttberg zu verhindern, und erwischte eine der hintersten improvisierten Deckenstützen. Mein erschrockener, leidvoller Aufschrei gipfelte in einem entsetzten, gellenden Laut, der durch das unheimliche Labyrinth schallte, als ich realisierte, wie meine Hand, mit der ich mich im Sturz fest an ein Bein des Bettes klammerte, die Stütze erst ein paar Zentimeter weit verrückte und sie dann, ehe ich darauf reagieren und meinen Halt loslassen konnte, vollständig von ihrem Platz wegstieß und mit mir in die Tiefe riss. Betonplatten und Schutt lösten sich krachend von der Decke, die, ohne ihren sowieso nur dürftigen Halt, sofort nachgab. Ich hörte noch, wie sich die erschrockenen Flüche der anderen zu panischen Schreien wandelten, und schon polterten unzählige kleine und einige große, schwere Gesteinsstücke mit dumpfen, schweren Lauten hinter mir den Geröllberg hinab und ich schlitterte – auf einen schmerzhaften Aufprall gefasst – bäuchlings auf den Fuß des Hügel zu.

Ich hatte unglaubliches Glück, mehr noch als Judith kurz zuvor in einer ähnlichen Situation, denn jene Steine, die mit mir in die Tiefe gestürzt waren, polterten teilweise nur um Haaresbreite an mir vorbei; lediglich einige wenige Steinchen trafen meine Beine, meinen Rücken und meinen Hinterkopf, waren aber kaum in der Lage, auch nur ein paar blaue Flecken zu verursachen. Meine Jeans riss und die Haut an meinen Knien platzte auf, aber als ich mich stöhnend auf dem Kellerboden aufrichtete, war ich im Großen und Ganzen unversehrt. Dichter gräulich-weißer Steinstaub hüllte mich ein und verwehrte mir die Sicht über die Schulter zurück in die Richtung, aus der ich Judith und Ellen gleichzeitig erschrocken meinen Namen rufen hörte. In der nächsten Sekunde fiel das Licht aus. Einer oder mehrere der anderen versuchten hustend, sich in der plötzlichen Dunkelheit durch die Nische, die wir geschaffen hatten, zurückzutasten. Dann ertönte – wenn meine eingeschränkte, durch den Schrecken der vergangenen Sekunden irritierte Wahrnehmung mich nicht täuschte – ein lautes Knirschen, ausgehend von der Stelle des Einsturzes, und arbeitete sich in Windeseile durch den ganzen Raum.

Im nächsten Augenblick fiel uns die Decke auf den Kopf. Zumindest kam es mir so vor. Wieder ertönten panische Schreie, ein Bersten und Brechen, ein Krachen und Poltern. Aus den Augenwinkeln sah ich einen schwarzen Fleck durch die Finsternis auf mich zurasen. Die Wucht des Schlages, der mich seitlich am Kopf traf, schleuderte mich nach links und so hart gegen die Wand, dass ich glaubte, meine Wangenknochen zersplittern zu hören.

Ich spürte nicht mehr, wie ich auf dem harten, steinigen Boden aufschlug, sondern hatte plötzlich das Gefühl, wie aus meinem eigenen Körper gelöst einen Moment lang irritiert und hilflos, aber von allen Schmerzen und Ängsten befreit, durch die Dunkelheit zu schweben. Die Finsternis lichtete sich – nur einen winzigen Deut, gerade genug, um die Dinge um mich herum erahnen zu können. Ich befand mich nicht mehr in dem Keller, aber es herrschte tiefschwarze Nacht um mich herum, stockfinstere, beängstigende Nacht, und die Angst, der ich durch die Bewusstlosigkeit gerade erst entkommen war, kehrte zurück, und zwar so plötzlich und so heftig, dass ich mein unter den Rippen rasendes Herz in der Brust als heftiges Stechen verspürte.

Es verlief in umgekehrter Reihenfolge: Ich empfand panische Angst, ehe ich die Ursache dafür realisierte. Die Panik hatte einen ersten Höhepunkt bereits erreicht, als ich die Falltür sah, die in den steinernen Boden vor meinen Füßen eingelassen war. Aber auf den ersten Schrecken sollten weitere folgen.

Ich hörte Schritte, hüpfend leichte Schritte, wie die von vielen kleinen Kinderfüßen. Erschrocken starrte ich auf die Treppe hinab, die nach wenigen Metern gänzlich von der Dunkelheit verschluckt wurde und deren oberer Absatz an die Falltür grenzte. Ich musste sie nur wenige Atemzüge zuvor hinaufgeeilt sein, sie rennend und ohne innezuhalten zurückgelegt haben, denn das T-Shirt klebte mir schweißnass auf der vor Anstrengung glühend heißen Haut, mein Atem ging rasend schnell und in meinen Seiten wütete ein böses Stechen.

Die Kinder kamen näher; ich hörte die Verwünschungen und Flüche, ihr hässliches, boshaftes Lachen durch die Finsternis zu uns dringen. Miriam, die ich mit mir den Turm hinaufgezerrt hatte bis zu diesem obersten Plateau, das vom silbrigen Schein des sichelförmigen Mondes in gespenstisches, unwirklich anmutendes Licht getaucht wurde, klammerte sich so fest an mich, dass ihr Griff um meinen Oberkörper mir beinahe die Luft abschnürte. Gehetzt blickte ich mich um, auf der aussichtslosen Suche nach einem Fluchtweg. Wir befanden uns auf dem Turm der Burg – ich konnte die Konturen des Lehrerhauses schräg unter mir erkennen und auch die des Hauptgebäudes zeichneten sich in einiger

Entfernung schwach, aber eindeutig ab. Nirgendwo brannte Licht. Niemand würde unsere Schreie hören, und wenn, dann erst viel zu spät. Wir waren allein mit einem blutrünstigen Mob von Dämonen, die in kindlichen Körpern steckten, waren ihnen hilflos ausgeliefert in der Spitze eines Turmes, der nicht über Fenster und ein Dach verfügte, wie ich das aus der anderen Wirklichkeit in Erinnerung hatte (ich konnte nicht mehr unterscheiden zwischen Traum und Realität, sondern lediglich zwischen zwei Wirklichkeiten), sondern nur über kaum mehr als hüfthohes, mit Zinnen und Schießscharten versehenes, fast meterdickes Mauerwerk.

Das erste Kind schloss zu uns auf. Jedenfalls glaubte ich im ersten Augenblick, dass es ein Kind war – die schnellen, leichtfüßig trippelnden Schritte, mit der die Gestalt die letzten Stufen zu uns zurücklegte, klangen, als stammten sie von einem solchen.

Aber es war kein Kind. Es war Maria.

Ein überraschter Laut hüpfte über meine Lippen, als ich sie erkannte, aber meine Überraschung wurde schnell verdrängt von der Angst, von der Panik, die unverzüglich wieder an ihre Stelle trat.

»Du gehörst hier nicht hin.« Maria war die erwachsene Frau, die ich in Crailsfelden kennen gelernt hatte, sie trug dasselbe, einfarbige Tweedkostüm, die ganz und gar unpassenden Wanderschuhe und hatte sich um keinen Deut verändert. Aber ihre Stimme war die eines Kindes. Hell, klar und unausgereift, nichtsdestotrotz aber erschreckend entschlossen und bedrohlich. In ihren Augen funkelte reine Bosheit. »Du wirst verschwinden«, sagte sie an Miriam gewandt mit fester Stimme. »Sofort.«

Miriam blickte zu mir auf. Ihre Wangen waren schmutzig, zerkratzt und tränennass und in ihren großen, befremdlich wirkenden, aber trotzdem wunderschönen, exotischen Augen standen Angst und abgrundtiefe Verzweiflung, untermalt von Unglauben über so viel Grausamkeit und einem winzigen Fünkchen Hoffnung, das aber in diesen Sekunden endgültig erlosch. Als sie die Umklammerung um meinen Oberkörper löste und ihre kleinen, zierlichen Hände sachte über meine Handrücken glitten, ehe sie einen winzigen Schritt von mir zurückwich, wusste ich, dass etwas Schreckliches geschehen würde, etwas unsagbar Grauenhaftes. Sie wandte sich um und trat auf die Zinnen zu. Ich begriff nicht wirklich, was sie vorhatte – der Gedanke war zu grauenvoll, als dass ich ihm erlaubte, in mein Bewusstsein vorzudringen. Aber ich verstand, dass ich etwas tun musste, dass ich ihr nacheilen und sie aufhalten musste, ehe es zu spät war.

Ich löste mich aus der Erstarrung, in die ich verfallen war, schrie ihren Namen und machte einen Satz in ihre Richtung, aber sie drehte sich nicht einmal zu mir um. Hinter mir erklangen Stimmen, Kinderstimmen.

»Du bleibst bei uns«, hörte ich sie sagen.

Ich gehorchte ihnen.

Plötzlich veränderte sich alles um mich herum. Ähnlich der Staubwolke von Steinen und Geröll, die mir im Keller die Sicht genommen hatte, hüllte mich nun eine ganz andere Wirklichkeit ein: unser Fluchtort oben im Turm, Miriam und Maria, der Nachthimmel und die weitere Umgebung, die ich hatte wahrnehmen können. Doch auch dieses Bild löste sich langsam auf, verlor an Schärfe, bis es dem finsteren Aquarell eines suizidgefährdeten, paranoiden Künstlers glich. Dann zerfiel es in seine molekularen Bausteine, die einen wirren Tanz miteinander aufführten und sich mit den grünen, braunen, gelben, weißen und blauen Farbpartikelchen auf dem farbenfrohen Gemälde eines Landschaftsmalers vermischten. Einen Moment lang wirbelte die Wolke aus Farben und konturenlosen Formen um mich herum, dann setzte sie sich zu einem neuen Bild zusammen.

Der Wind ließ nach, bis nicht mehr als eine sanfte Brise zurückblieb, die das herbstlich bunte Laub der Bäume, zwischen denen ich mich plötzlich befand, leise rascheln ließ. Die harten Steinquader des Turms, auf dem ich mich gerade noch befunden hatte, wandelten sich zu weichem, rötlich-braunem Waldboden, auf dem die gelb-orangefarbenen Strahlen der tief am Himmel stehenden, ungewöhnlich warmen Herbstsonne einen fröhlichen Tanz vollführten. Vögel zwitscherten.

Dennoch entbehrte das Bild, das sich mir bot, jeglicher Romantik. Ich war nicht allein: Fünf Kinder – zwei Jungen und drei Mädchen – hatten sich im Kreis um mich herum versammelt, maßen mich mit eindringlichen Blicken und rückten in dieser Sekunde gleichzeitig einen kleinen Schritt näher an mich heran. Sie trugen identische Pfadfinderuniformen und alberne rote Halstücher. Alle hatten blondes Haar – die Jungen kurz geschnitten, die Mädchen zu langen Zöpfen geflochten.

Es waren die Kinder von dem Foto!

Erschrocken und verwirrt blickte ich mich in mei-

ner neuen Umgebung aufmerksam um. Es waren nicht nur die Kinder, die ich auf einem der Bilder in Sängers Geheimfach gesehen hatte: Ich selbst befand mich ebenfalls in der Realität dieses Fotos! Das Waldlokal, der Lkw, die BMW Isetta – alles war genau dort, wo ich es von dem Foto her in Erinnerung behalten hatte. Einige Schritte von dem Lkw entfernt entdeckte ich den Mann in der lächerlichen Pfadfinderuniform, der mit den Kindern vor der Kamera posiert hatte, konnte sein Gesicht aber nicht erkennen, denn er hatte den Kindern und mir den Rücken zugewandt und bemerkte nicht oder interessierte sich nicht dafür, was sich hinter ihm abspielte. Ich blickte an meiner eigenen Person hinab und stellte fest, dass ich nach wie vor erwachsen war. (Nach wie vor? Das stimmte nicht. Ich war mir nicht hundertprozentig sicher, glaubte aber, vor wenigen Augenblicken im Turm noch in einem kindlichen Körper gesteckt zu haben.) Verrückterweise hemmte diese Feststellung die plötzlich wieder aufkeimende Furcht vor den Kindern, die mich umringten, keinen Deut. Sie erinnerten mich an eine Szene aus einem absurden Science-Fiction-Thriller, den ich irgendwann einmal gesehen hatte: Er hatte irgendetwas mit kleinen blonden, von boshaften Aliens gezeugten Kindern zu tun gehabt, die ein englisches Dorf tyrannisierten. Mein Herzschlag beschleunigte sich wieder.

Einer der beiden Jungen, ein hageres Kerlchen, das mir irgendwie bekannt vorkam (was seine Ursache aber durchaus darin haben konnte, dass ich ihn wie alle anderen Kinder auf dem Foto gesehen hatte), löste sich aus dem Kreis und trat auf mich zu.

»Mein Großvater findet, du hast dir eine Aus-

zeichnung verdient, weil du weißt, wohin du gehörst«, sagte der Knabe.

Falsch: Seine Lippen bewegten sich, und es waren seine Stimmbänder, die die Laute hervorbrachten und sie mit Hilfe seiner Zunge, seines Atems und der Bewegung seines Kiefers zu Worten formten. Aber es war nicht seine Stimme. Der Junge mochte zwölf, vielleicht dreizehn Jahre alt sein. Seine Stimme jedoch war die eines Mannes, der die Pubertät hinter sich gelassen und die dreißig überschritten hatte. Ich kannte sie. Es war Eds Stimme!

So wie kurz zuvor Maria in ihrer erwachsenen Gestalt vor mir gestanden und mit der Stimme eines Kindes zu mir gesprochen hatte, stand mir nun umgekehrt ein Kind gegenüber, das mich zweifellos mit der Stimme eines Erwachsenen, mit Cowboystiefel-Eduards Stimme, ansprach. Der Junge streckte den Arm aus und drückte mir etwas Kaltes, Hartes in die Hand. Langsam, wie in Trance, wanderte mein Blick auf den Gegenstand zwischen meinen Fingern hinab: MEHR SEIN ALS SCHEINEN. Eine rasiermesserscharfe Klinge blitzte gefährlich im Licht der untergehenden Sonne auf. Es war der Napola-Dolch, den der Knabe mir da überreichte. Die Waffe, mit der Stefan ermordet worden war.

»Du weißt doch, wohin du gehörst?« Eds Stimme klang befehlend, erwartete nur eine einzige Antwort zur Bestätigung seiner Autorität und meiner Ergebenheit. Das hässliche Gekicher einer Spottdrossel unterbrach den Gesang der Vögel. Stefans Stimme wurde schrill, als ich nicht antwortete, und er wiederholte seine Worte, diesmal lauter: »Du weißt, wohin du gehörst, oder?!«

Dieses Mal hatten die Bilder sich nicht langsam aufgelöst und zu einer neuen Szenerie zusammengesetzt und sie waren auch nicht von schlichter Schwärze und wohltuendem, traumlosem Schlaf abgelöst worden. Ich erwachte ruckartig, von einer Sekunde zur nächsten, aus meinem Alptraum und sah mich urplötzlich mit der kaum weniger grauenhaften Realität konfrontiert. Ich kauerte orientierungslos im Dunkeln, atmete schnell und schwer und fror erbärmlich in meinen schweißnassen Kleidern. Selbst meine Seiten schmerzten noch immer, als hätte ich gerade einen mittleren Marathonlauf zurückgelegt.

Oder eine Hetzjagd überstanden.

Ich wischte den Gedanken beiseite und bemühte mich angestrengt, meine Erinnerungen nach den Geschehnissen vor meinem Zusammenbruch zu durchforsten, stieß zunächst aber nur auf vereinzelte Details, die sich nur langsam zu einem vollständigen Puzzle zusammensetzen ließen. Die Kopfschmerzattacke und meine Reaktion darauf, welche die ungünstigste aller denkbaren gewesen war. Das Knirschen und Krachen der aus der Decke über uns herunterbrechenden Gesteinsbrocken, aufwirbelnder Staub und plötzliche Finsternis. Stimmgewirr, Schreie, ein ersticktes Keuchen …

Ein weiterer Augenblick verging, in dem ich wie ein zitterndes Häufchen Elend auf dem kalten, harten Boden kauerte und den finsteren Tunnelgang, oder das, was davon übrig blieb, wie ein ängstliches Kind mit Blicken abtastete, ohne dabei etwas Nennenswertes zu erkennen. Ich sah nichts als Schatten und noch mehr Schatten, von denen ich glaubte (hoffte!), dass es sich um Schutt, Geröll und Erdklumpen handelte (und nicht um abgetrennte Gliedmaßen oder zu absurden Gebilden verrenkte, mehr oder weniger vollständige menschliche Körper). Judith, Maria, Carl und Ellen: Sie hatten sich in der Nische befunden, als die Decke weiter eingestürzt war. Aber wo waren sie jetzt?

Wie als Antwort auf meine unausgesprochene Frage vernahm ich in diesem Moment ein leises Stöhnen und Wimmern, ein schwaches Flehen nach Hilfe. Ich rappelte mich mühsam mit dem Rücken zur Wand auf, kämpfte einen Moment gegen den Schwindel an, der mich zu übermannen drohte, und tastete mich schließlich langsam und vorsichtig durch die Dunkelheit nach rechts. Ich identifizierte die Stimme als die Judiths und beschleunigte meine Schritte gerade so weit, dass ich nicht Gefahr lief, im Falle eines Stolperns das Gleichgewicht zu verlieren. Trotzdem wäre ich um ein Haar der Länge nach gestürzt, und zwar direkt über Judiths Beine. Sie befand sich in geringerer Entfernung, als ich angenommen hatte, denn ihre Stimme war noch leiser, noch schwächer, als ich im ersten Moment geglaubt hatte.

»Judith?«, fragte ich leise in die Dunkelheit hinein, ließ mich auf die Knie sinken und ertastete vorsichtig ihre genaue Lage. Sie steckte eingeklemmt zwischen einem eisernen Bettgestell und der Wand. »Bist du in Ordnung? Hab keine Angst, ich bin bei dir.«

»Ich … wer …« Ihre gestammelten Worte klangen heiser. Ich hatte keine Ahnung, wie lange ich selbst ohne Bewusstsein gewesen war, aber sie musste bereits eine ganze Weile nach Hilfe geschrien haben, ehe ich wieder zu mir gekommen war, und sicher hatte auch der Staub ihrer Stimme schwer zugesetzt.

Und meinem Taktgefühl ebenfalls, wie mir schien. Ich hätte natürlich wissen müssen, dass das die falschen Worte gewesen waren, um sie zu beruhigen. Selbstverständlich hatte sie Angst. Vor mir wahrscheinlich noch mehr, als vor den Trümmern um sie herum und vor der Vorstellung, noch längere Zeit in dieser hilflosen Lage verbringen, frieren und wahrscheinlich auch nicht geringe Schmerzen erleiden zu müssen – auch wenn ich noch immer nicht wusste, warum sie sich so sehr vor mir fürchtete.

»Frank?«, fragte Judith, noch immer fast flüsternd, dann wurde ihre Stimme lauter und noch ängstlicher als zuvor. »Frank? Bist du es? Ich ... Geh weg!« Obwohl es sie eine Menge Kraft kosten musste, hatte sie die letzten Worte fast geschrien. »Fass mich nicht an, hörst du? Geh weg und fass mich nicht an!«

Sie trat nach mir, traf mich am Schienbein und strampelte einen Moment wild in die Finsternis hinein, nachdem ich ein Stück beiseite gewichen war. Aber ihre Kraft reichte nicht aus, ihrer Hysterie Ausdruck zu verleihen, so dass sie die Beine nach wenigen Sekunden erschöpft auf den von Schutt und Steinen übersäten Kellerboden sinken ließ. Ich hörte sie leise weinen.

»Ich hole dich da raus, hörst du?«, versprach ich so ruhig und selbstsicher, wie es mir in meiner eigenen hundsmiserablen Verfassung möglich war. »Aber ich sehe nicht viel. Schrei, wenn ich dir wehtue, okay?«

In Anbetracht der Situation waren auch diese Worte ein Fehlgriff, was Judith mit einigen weiteren gestammelten Worten und anhaltendem verängstigten Schluchzen quittierte. Aber jetzt war nicht der richtige Zeitpunkt, um für einen möglichen Job bei der Telefonseelsorge zu trainieren, und auch keiner, in dem ich mir für irgendetwas Vorwürfe hätte machen müssen – außer vielleicht für die Tatsache, dass ich hier herumstand und versuchte, besonders heldenhaft klingendes dummes Zeug zu reden, und so unnötig Zeit verplemperte, die ich besser darauf verwenden sollte, ihr wirklich zu helfen.

Vorsichtig versuchte ich, das rostige Gestell anzuheben, doch es ließ sich keinen Zentimeter weit bewegen. An seinem oberen Ende klemmte es zwischen einer Betonplatte von gut einem halben Quadratmeter und, wie es mir vorkam, mehreren Kubikmetern Geröll fest. Systematisch begann ich, es Stein für Stein, von oben angefangen, beiseite zu räumen.

»Du … du bringst mich um, nicht wahr?« Obwohl ich geahnt hatte, wie groß ihr Misstrauen war, erschreckten mich ihre Worte. Wie konnte sie so etwas von mir denken? Sie konnte mich doch nicht ernsthaft für eine blutrünstige Bestie halten, die durch ein finsteres Gemäuer schleicht und ein ahnungsloses Opfer aus dem Hinterhalt ersticht? Ich sprach es aus.

Eine ganze Weile lang schwieg Judith und ich räumte mit größter Vorsicht, um ein Herabrutschen der Steine oder eine plötzliche Bewegung des eingeklemmten Gestells zu verhindern und sie damit womöglich zusätzlich zu verletzen, weitere Gesteinsbrocken und kleinere Teile der Betondecke beiseite. Ich hörte, wie sich ihr Atem ein wenig beruhigte und wie sie ihr Schluchzen unterdrückte. Sie erlangte die Kontrolle über sich zurück, langsam zwar, aber unüberhörbar.

»Wo sind die anderen?«, fragte ich, während ich in Gedanken ein Stoßgebet zum Himmel schickte, kein weiteres Desaster auszulösen, als ich die Betonplatte mit einem kräftigen Ruck aufrecht stellte und nach links wegkippte. Sie polterte ein kleines Stück weit davon und riss ein paar kleinere Trümmerstücke mit sich. Etwas Staub wirbelte auf, aber wenigstens dieses eine Mal war das Glück auf meiner Seite. »Geschafft«, stieß ich seufzend hervor und hob das Bettgestell vorsichtig an.

Judith rappelte sich in eine sitzende Position auf, presste sich schwer atmend mit dem Rücken an die Wand und blickte zu mir auf. Trotz der nahezu vollkommenen Dunkelheit konnte ich erkennen, dass ihre Augen angstweit geöffnet waren. Ich beugte mich zu ihr hinab, packte sie unter den Schultern und hob sie vorsichtig auf die Füße. Judith wehrte sich nicht, aber ich konnte den rasenden Pulsschlag unter ihrem T-Shirt fühlen, als ich sie berührte, und strich ihr beruhigend mit der Hand durchs Haar.

»Hab keine Angst«, wiederholte ich leise. »Es ist wegen Stefan, oder? Judith, du musst mir glauben. Ich habe es nicht getan. Ich weiß nicht, was er gemeint hat, als er sagte, *er* sei hier.« Judith antwortete nicht, sondern versuchte mit dem Rücken an der Wand entlang vor mir auszuweichen, aber ich hielt sie mit sanfter Gewalt fest und schüttelte den Kopf. Wir konnten so nicht weitermachen. Nicht nur, weil ich ihre Furcht als ungemein verletzend empfand (Ich konnte keiner Fliege etwas zuleide tun, zum Teufel noch mal, geschweige denn ihr! Ich hatte sie doch gerne. Und außerdem hatte ich mich in meinem ganzen Leben noch nicht ein einziges Mal mit irgendjemandem geprügelt, noch nicht einmal im Sandkasten, geschweige denn auf dem Schulhof! Ja, verdammt: In gewisser Hinsicht war ich ein Weichei!), sondern vor allen Dingen, weil wir spätestens in dieser Situation begreifen mussten, dass wir aufeinander angewiesen waren. Außerdem … nein, ich wischte den Gedanken entschieden beiseite. Ich liebte Judith nicht. Aber ich brauchte sie trotzdem – einfach nur, weil ich irgendjemanden brauchte, an den ich mich, den Beschützer vorgebend, klammern konnte. »Denk doch mal vernünftig darüber nach«, sagte ich in fast flehendem Tonfall. »Keiner von euch hat seine letzten Worte gehört, niemand außer mir. Wenn ich ihn umgebracht hätte, hätte ich euch alles Mögliche erzählt, Judith. Dass wir seiner Familie einen letzten Gruß bestellen sollten oder irgendeinen anderen Mist, aber doch nichts, womit ich mich letztendlich selbst in Verdacht bringe.«

»Das ist es nicht allein«, fiel Judith mir leise ins Wort, atmete aber zwei-, dreimal tief und bewusst ein und aus, ehe sie weitersprechen konnte. »Es ist das und der Blick, mit dem er dich angesehen hat, und … ich war draußen im Hof …«, stieß sie schließlich hervor. Ihre Angst, etwas Falsches zu sagen, klang überdeutlich aus jeder einzelnen Silbe heraus. Dennoch sprach sie weiter. »Ich … ich glaubte, einen Schatten gesehen zu haben. Eine Gestalt. Sie kam vom Lehrerhaus.«

»Davon hast du nichts gesagt«, antwortete ich und konnte hören, wie sie angespannt die Luft anhielt.

Wieder sagte sie einige Sekunden lang nichts. Ihre Vermutung laut auszusprechen hatte sie deutliche Überwindung gekostet. »Was hast du die ganze Zeit über getan?«, fragte sie schließlich. »Du warst eine Viertelstunde allein in diesem Haus, mindestens.«

»Ich ...«, setzte ich an, brach aber ab und suchte einen Augenblick lang nach einer halbwegs gelungenen Ausrede. Die Tatsache, dass ich wegen nichts anderem als Kopfschmerzen in Ohnmacht gefallen war, beschämte mich noch immer. Doch ich besann mich, dass die Unwahrheit Judith nur noch misstrauischer machen würde, denn ich war ein schlechter Lügner. Also gab ich mir einen Ruck und sagte: »Ich war bewusstlos.«

»Ohnmächtig?«, fragte Judith zweifelnd.

»Migräne«, antwortete ich schulterzuckend. »Seit ich hier angekommen bin, attackiert sie mich immer wieder. Ich habe in meinem ganzen Leben noch nie solche Kopfschmerzen gehabt. In Sängers Zimmer haben sie mich einfach umgehauen, verstehst du? Ich dachte, mein Kopf würde jeden Augenblick explodieren, genau wie ...«

»Wie?«, fragte Judith. Aber das Misstrauen hatte sich um einen kleinen Deut aus ihrer Stimme zurückgezogen.

»Wie eben«, antwortete ich und blickte beschämt weg. Erst jetzt wurde mir bewusst, dass ganz allein ich Schuld an dieser ganzen Katastrophe trug. Ich war derjenige gewesen, der die improvisierte Stütze heruntergerissen und damit den Einsturz von mindestens vier oder fünf Quadratmetern Decke ausgelöst hatte. Ganz allein ich war verantwortlich für das warme Blut, das Judiths T-Shirt an ihrem linken Oberarm durchtränkt hatte, wie ich in diesem Augenblick bemerkte, als mein Handrücken zufällig über die Verletzung streifte. »Du bist verletzt«, sagte ich erschrocken.

»Nur ein kleiner Schnitt. Es hat zwischendurch schon aufgehört zu bluten. Erst als ich vorhin gerade aufgestanden bin, hat es wieder angefangen«, winkte Judith ab. Dann seufzte sie erleichtert auf. »Es tut mir Leid«, sagte sie. »Ich hätte dich einfach fragen sollen, statt meine ganze Angst auf dich zu projizieren ... Das mit den Kopfschmerzen«, fügte sie unsicher hinzu, »kommt mir bekannt vor. Nur nicht so schlimm.«

»Wie meinst du das?«

»Ich habe auch Kopfschmerzen, seit ich in Crailsfelden bin«, antwortete Judith unbehaglich. »Ich habe nur nichts gesagt, weil ich nicht wie ein jammerndes kleines Mädchen dastehen wollte. Aber ich hatte noch nie in meinem Leben Kopfschmerzen.«

»Solche hatte ich auch noch nicht«, bestätigte ich. »Ich bin Migräneattacken gewohnt, sofern man sich an so etwas überhaupt gewöhnen kann, aber –«

»Aber ich wusste bisher noch nicht einmal, wie sich Kopfschmerzen anfühlen«, fiel Judith mir ins Wort. »Ich hatte wirklich noch nie welche. Nicht einmal, wenn ich am Morgen nach einem Weiberabend mit meinen Freundinnen auf Knien ins Bad gerobbt bin, um mich zu übergeben. Bis vor ein paar Stunden habe ich Kopfschmerzen immer für eine dumme Ausrede von Frauen gehalten, die sich nicht trauen, einfach zu sagen, dass sie ihrer Männer überdrüssig sind und keine Lust haben, mit ihnen zu schlafen. Oder von Kerlen, die zu faul sind, den Müll aus der achten Etage nach unten zu tragen. Ist das nicht seltsam?« Ich antwortete nicht, sondern hob nur hilflos die Schultern. Natürlich war es seltsam. Aber was war in diesem verwunschenen Gemäuer schon normal?

»Ellen ist schreiend weggerannt, als die Decke runtergekommen ist«, wechselte Judith abrupt das Thema, wohl in der plötzlichen Einsicht, dass jetzt eigentlich nicht der richtige Augenblick war, über Kopfschmerzen zu reden. »Sie war vollkommen hysterisch. Ich habe ihr nachgerufen, dass sie mir helfen soll, aber sie hat einfach nicht reagiert. Sie war völlig außer sich.«

»Und die anderen?«, wollte ich wissen.

»Ich weiß es nicht«, antwortete Judith hilflos. »Ich war die ganze Zeit bei Bewusstsein, aber ich konnte im Dunkeln und in dieser unmöglichen Lage eingeklemmt unter dem Bett nichts sehen. Aber ich habe Schritte gehört – gerade vor ein paar Minuten noch. Ich dachte, dass du es wärst, aber wenn du ohnmächtig warst, muss es Carl oder Maria gewesen sein. Oder Ellen rennt noch immer hilflos hier herum und hat nicht gemerkt, dass sie in der Dunkelheit im Kreis gelaufen ist.« Einen Moment lang suchte sie nach etwas in ihren Hosentaschen, dann entzündete sie plötzlich und ohne Vorwarnung ein Feuerzeug unmittelbar vor meinem Gesicht, so dass ich geblendet die Augen zusammenkniff und einen Schritt zurückwich. »Wir sollten sie suchen«, sagte sie. »Möglicherweise hatte einer der anderen weniger Glück als wir beide und ist hier irgendwo eingeklemmt und nicht in der Lage, nach Hilfe zu rufen. Carl? Maria?«, fragte sie in den nun zumindest zu einem kleinen Teil von flackerndem gelbem Licht erfüllten Tunnelabschnitt, aber niemand antwortete.

Mein Unfall mit dem Bettgestell hatte dem Kellerraum buchstäblich den Rest gegeben. Die Decke war auf mehreren Metern Richtung Eingang weiter eingestürzt, so dass es an ein Wunder grenzte, dass Judith und ich nicht unter den Trümmern begraben worden waren. Von den meisten der Bettgestelle, die wir sichernd zwischen den Schuttberg und die Decke geklemmt hatten, lugte nicht mehr als ein Bein oder eine verformte Feder aus dem Geröllhaufen hervor. Aber wenigstens war nicht alle Arbeit umsonst gewesen, denn zwei ineinander verkeilte, aus der Decke gebrochene Betonplatten hatten einen vollständigen Einsturz der Decke verhindert, so dass die von uns geschaffene Nische an ihrer engsten Stelle zwar nur auf dem Bauch robbend, aber immerhin überhaupt passierbar geblieben war.

Judith kletterte auf den Schuttberg, zwängte sich auf den Knien ein Stück weit durch die Lücke zwischen Decke und Geröll und leuchtete mit der Flamme des Feuerzeugs hinein. »Carl? Maria?«, wiederholte sie. »Hört mich jemand? Seid ihr verletzt?«

Niemand antwortete und nach einigen Augenblicken kehrte Judith traurig den Kopf schüttelnd zu mir zurück. »Nichts«, sagte sie hoffnungslos. »Wenn jemand unter diesen Brocken begraben liegt, können wir nichts für ihn tun. Lass uns nach Ellen suchen.«

Ich nickte, strich ihr übers Haar und legte ihr den Arm um die Schultern, während wir langsam auf den Ausgang zugingen. Dieses Mal wehrte sie sich nicht. Erleichterung machte sich in mir breit. Es waren nur wenige einfache Sätze gewesen, die wir endlich unter vier Augen miteinander gewechselt hatten, aber sie hatten ein kleines Wunder bewirkt: Wenn Judith mir noch immer misstraute, dann tat sie es in einem Maß, das gering genug war, es vor mir verbergen zu können. Wir erreichten den langen Gang mit den Betten. Auch hier war der Strom ausgefallen, was meinen Gedanken, dass noch vor kurzem jemand hier gewesen sein musste, der gewartet hatte, was von dem Keller übrig geblieben war, bekräftigte. Dieses Stromnetz hatte die vergangenen sechzig Jahre einschließlich mindestens zweier Sprengungen niemals unbeschadet überstanden und musste zwischenzeitlich mehrfach repariert worden sein, wenn die Sicherungen selbst durch einen vergleichsweise geringen Einsturz, wie wir ihn gerade erlebt hatten (wie ich ihn ausgelöst hatte!), flöten gingen.

»Da!«, entfuhr es Judith plötzlich, als wir den Gang fast vollständig hinter uns gelassen hatten, leuchtete mit dem Feuerzeug nach etwas, was sie zwischen den zerrissenen, zerknüllten und vergilbten Laborbefunden auf dem staubigen Boden erspäht hatte, und hob es auf. »Marias Schuh«, seufzte sie erleichtert. »Damit bleibt nur noch einer übrig, der unter dem Schutt begraben sein könnte.«

»Carl war keinen ganzen Schritt hinter mir, als die Decke eingestürzt ist«, sagte ich in beruhigendem Tonfall. »Er wird sich schon schnell genug in Sicherheit gebracht haben.«

Eine Weile gingen wir schweigend nebeneinander durch den stockfinsteren Keller, den Judith nur sporadisch mit der Flamme des Feuerzeuges erhellte, um zu verhindern, dass es sich überhitzte und ihr um die Ohren flog, was die fatale Folge gehabt hätte, dass wir den Weg aus diesem Labyrinth heraus, von dem ich insgeheim bezweifelte, dass wir ihn überhaupt finden würden, im Dunkeln hätten ertasten müssen. Doch obwohl ich meinen Orientierungssinn ganz allgemein für nicht viel zuverlässiger hielt als den eines bekifften Albatros mit Fischvergiftung, der sich in einem Spiegellabyrinth auf dem Rummelplatz zurechtzufinden versucht, trugen meine Beine mich mit fast unheimlicher Zielsicherheit durch die finsteren Kellergänge und auf den zweiten Durchbruch zu. Dort angelangt blieb Judith plötzlich stehen und griff nach meiner Hand.

»Ich …«, begann sie zögerlich und suchte einen Augenblick lang nach den richtigen Worten. »Es tut mir Leid, dass ich dich so ungerecht behandelt habe«, sagte sie schließlich.

»Macht nichts«, winkte ich ab und zwang mich zu einem Lächeln, das mir aber zur kläglichen Grimasse geriet. »Wir sind alle mit der Situation überfordert«, seufzte ich und drückte sie kurz an mich. »Jeder misstraut irgendjemandem: du mir, Maria Ed, ich Carl und Ellen …« Ich hob die Schultern. »Wahrscheinlich uns allen«, vermutete ich.

Judith schüttelte heftig den Kopf. »Aber ich habe mich da in etwas hineingesteigert«, behauptete sie. »Es wäre so leicht gewesen, dich einfach darauf anzusprechen. Ich hätte mir denken können, dass es eine ganz simple Erklärung für dein langes Fortbleiben gibt. Und für diese schattenhafte Gestalt. Ich meine, ich bin mir ja noch nicht einmal sicher gewesen, wirklich jemanden gesehen zu haben. Es war so einfach, jemanden zu bestimmen, auf den ich meine Angst konzentrieren konnte. Es machte alles so …« Erneut suchte sie nach einer zutreffenden Formulierung.

»Überschaubar?«, half ich ihr aus. Judith nickte dankbar. »Nichts anderes macht Maria mit Ed«, behauptete ich und bemühte mich um ein breites Grinsen, um die Anspannung, die noch immer in der Luft lag, ein wenig zu lockern. »So seid ihr Frauen eben: Wenn ihr eure Tage habt, sind wir Männer schuld am schlechten Wetter und an der Hungersnot in der Dritten Welt.«

»Mistkerl!« Judith tat so, als wolle sie mir in den Bauch boxen, konnte sich aber auch ein Lächeln nicht verkneifen.

Ich zog sie noch dichter an mich und fuhr ihr durchs Haar und sie lehnte sich mit der Wange an meine Brust und atmete erleichtert durch. Trotz der dramatischen Situation, in der wir uns nach wie vor befanden, standen wir ein paar wohltuende, entspannende Atemzüge einfach nur eng umschlungen da. Ich atmete den wunderbaren Duft ihrer Haare und ihrer warmen, weichen Haut. Selbst der Schweiß, der auch ihre Kleider durchnässt hatte, wirkte auf mich wie Parfüm und ich wunderte mich ein wenig, wie intensiv meine Sinneswahrnehmungen plötzlich waren. Hatte ich mir nicht eben noch selbst weismachen wollen, dass ich nicht in sie verliebt war? Wahrscheinlich war ich es wirklich nicht, redete ich mir auch jetzt wieder erfolgreich ein, was mich aber nicht daran hinderte, die Intimität des Augenblicks aus vollen Zügen zu genießen. Sicherlich war es die absolute Dunkelheit um uns herum, die meinen Geruchs- und Tastsinn zum Ausgleich für den vorläufigen Verlust der Sehfähigkeit schärfte. Judith blickte zu mir auf und in der nächsten Sekunde berührten ihre samtweichen, warmen Lippen sanft die meinen. Ich erwiderte ihren Kuss und nach einigen sachten Berührungen tastete ihre Zungenspitze vorsichtig nach meinen Lippen.

In Wirklichkeit vergingen wahrscheinlich nur wenige Minuten, aber sie kamen mir wie Stunden vor. Ich hatte noch nie im Leben so intensiv, so leidenschaftlich geküsst; vielleicht weil mir noch nie eine Frau begegnet war, die so unglaublich gut küssen konnte wie sie. Ich erinnerte mich daran, dass wir uns am Abend scherzhaft auf eine Revanche geeinigt hatten, und beschloss, unverzüglich davon Gebrauch zu machen, sobald wir diesen Horrortrip hinter uns hatten. Ich würde sie mit mir in die Staaten nehmen, ganz unverbindlich und ohne Verpflichtungen und Zwänge. Ich war davon überzeugt, überhaupt noch nie eine Frau geliebt zu haben. Es hatte Beziehungen und Affären gegeben, aber ich hatte nie das Gefühl, mir sei das Herz gebrochen worden, nachdem eine Frau mich verlassen hatte. Auch Judith liebte ich nicht, aber was nicht war, konnte ja vielleicht noch werden. Ich fühlte, wie es in meinem Bauch zu kribbeln begann.

Dann, im ungünstigsten aller Momente, meldeten meine Kopfschmerzen sich zurück – leise nur, aber in ausreichender Stärke, um die absurde Romantik des Augenblicks brutal zu zerstören. Wieder fühlte ich, wie der Boden unter meinen Füßen leicht vibrierte, und das leichte Wummern, das zeitgleich in meinen Bauch zurückkehrte, hatte etwas vom Effekt eines Grizzlybären, der sich ungestüm auf ein Honigglas stürzt und die schillernd bunten Schmetterlinge, die bislang daraus genascht haben, mit einem Schlag vertreibt; dabei hatte ich es vorher mehrfach als etwas Angenehmes, fast schon Erotisierendes wahrgenommen. Nun aber empfand ich es als etwas Störendes.

»Fühlst du das auch?«, fragte ich leise.

»Es macht mir Angst«, antwortete Judith und klammerte sich noch ein bisschen fester an mich. »Du meinst dieses Zittern.«

Ein Stein fiel mir vom Herzen. Ich war zwar schon davon überzeugt gewesen, dass die seltsame Vibration unter meinen Füßen real sein musste, aber ich erinnerte mich nur zu deutlich daran, dass ich in dieser Nacht auch schon ganz andere Dinge für zweifellos echt gehalten hatte. Miriam zum Beispiel.

»Lass uns weitergehen«, bat Judith und hob ihren verletzten Arm ein bisschen an. Sie hätte die Ausrede nicht benötigt, schließlich hatte sie mir ihre Furcht vor dem seltsamen Zittern, das nun langsam wieder nachließ, schon gestanden. Trotzdem sagte sie: »Vielleicht ist in der Küche noch ein Pflaster für mich übrig. Es brennt nämlich schon ziemlich gemein.«

Vorsichtig tasteten wir uns in der Dunkelheit weiter voran. Eine kleine Ewigkeit verging, ehe wir endlich durch die menschenverachtenden Unterkünfte in den offiziellen Teil des Kellers gelangten. Wir mussten schnell feststellen, dass der Einsturz anscheinend doch erheblichere Schäden angerichtet hatte, als uns zunächst klar gewesen war: Nirgendwo brannte noch Licht. Weder in den Kellerräumen noch im zuvor hell beleuchteten Treppenhaus. Als wir das Erdgeschoss erreichten, lag auch dieses stockfinster vor uns. Das Licht, das aus der Küche bis in die Eingangshalle hätte leuchten müssen, war erloschen. Der Stromausfall betraf allem Anschein nach nicht nur den separaten Stromkreis in dem mysteriösen Labyrinth, sondern auch das gesamte Haupthaus, vielleicht die ganze Anlage.

Der einzige Lichtstrahl, den wir ausmachen konnten, drang durch die offene Tür vom Burghof zu uns hinein. Judith und ich tauschten einen kurzen, fragenden Blick, dann eilten wir durch die Empfangshalle und traten ins Freie.

Der Nieselregen war von einem heftigen Platzregen abgelöst worden, der den gesamten Hof in einen fast knöcheltiefen See verwandelt hatte. Er schwappte wie ein Wasserfall über die Dachrinne und lief in Sturzbächen über die Stufen und in den Brunnenschacht, in dem von Thun verschwunden war. Im Zentrum des Platzes erkannten wir die Lichtquelle, die wir bereits aus mehr als zwei Dutzend Schritten Entfernung als den Handscheinwerfer identifizierten, von dem ich bisher angenommen hatte, dass er, möglicherweise mit Carl, unter den Trümmern begraben worden war. Daneben, zusammengekauert, schluchzend und vor Angst und Kälte erbärmlich zitternd, erspähten wir Ellen.

Judith eilte auf sie zu und legte ihr den Arm um die Schultern. »Ellen?«, fragte sie leise. »Bist du verletzt? Kann ich dir irgendwie helfen?«

»Fass mich nicht an.« Ellens Atem ging so schnell, dass er wie ein Hecheln klang. Ich sah die Panik in ihren Augen, in denen gleich mehrere Äderchen geplatzt waren, und ich hatte keinen Zweifel daran, dass sie auf der Stelle aufgesprungen und vor Judith und mir die Flucht ergriffen hätte, wäre sie nicht so furchtbar schwach gewesen. Sie musste über einen längeren Zeitraum völlig hysterisch durch den Keller geirrt sein. »Geht weg«, presste sie schluchzend hervor.

»Du wirst dich erkälten«, versuchte Judith Ellen zur Vernunft zu bewegen. »Lass uns in die Küche gehen. Du bist klatschnass und –«

»Ich habe gesagt, du sollst mich nicht anfassen!« Wo gerade noch Schwäche und Angst aus Ellens Stimme geklungen hatten, machte sich nun wieder Hysterie breit. Judith zog gehorsam ihren Arm zurück. »Keine zehn Pferde bringen mich noch einmal in dieses Gemäuer, versteht ihr?«, schluchzte Ellen. »Nicht einmal hundert. Ich bleibe hier, ganz genau hier, bis die Nacht vorbei ist und dieser gottverdammte Cateringservice hier aufkreuzt, und wenn es sein muss, auch noch die nächsten vierzehn Tage. Ich gehe nicht mehr da rein.«

Judith warf mir über die Schulter hinweg einen zweifelnden Blick zu, aber ich hob nur hilflos die Schultern. Anscheinend hatte ihr Irrgang durch das finstere Labyrinth eine heftige Klaustrophobie in der jungen Ärztin ausgelöst, so dass sie nun auch nach noch so gut gemeintem Zureden nicht mehr willens und in der Lage sein würde, irgendeinen geschlossenen Raum zu betreten. Wenn ich keine Gewalt anwandte (wozu ich nicht einmal mehr in der Lage gewesen wäre, wenn ich gewollt hätte, denn auch mich hatten die Ereignisse der vergangenen Stunden erheblich geschwächt und es fiel mir mittlerweile sogar schwer, aufrecht stehen zu bleiben, während Judith sich um Ellen kümmerte), konnte ich sie mit Sicherheit nicht daran hindern, hier draußen im strömenden Regen sitzen zu bleiben. Schlimmstenfalls zog Ellen sich eine Lungenentzündung zu, aber schließlich hatte sie es ja nicht weit zum Arzt.

»Wie du willst«, sagte Judith resignierend an Ellen gewandt, stand wieder auf und bückte sich nach der Taschenlampe, die der Regennässe in diesem Augenblick noch tapfer trotzte. Ich befürchtete, dass das nicht mehr lange so bleiben würde. Der kleine Handscheinwerfer war ganz offensichtlich wasserfest. Aber wasserfest bedeutete noch lange nicht, mit Kiemen oder staatlich anerkanntem Tauchschein ausgestattet, und ich nahm an, dass die Lampe ohne das eine oder andere nicht überleben würde, wenn wir sie noch länger als ein paar Minuten hier draußen zurückließen.

Doch Ellen riss den Scheinwerfer erschrocken an sich, ehe Judiths Fingerspitzen ihn berühren konnte, und hielt in der Linken plötzlich das kleine Gemüsemesser, das sie aus der Küche mitgenommen hatte, ehe wir das Rektorzimmer im Lehrerhaus aufgesucht hatten. »Die Taschenlampe bleibt hier«, fauchte sie und rutschte auf dem Hintern ein Stück weit vor Judith zurück.

Ich trat auf sie zu und streckte die Hand nach der Lampe aus, aber Ellen begann drohend, mit dem kleinen Messer in der Luft herumzufuchteln. Judith griff nach meiner Hand und zog mich kopfschüttelnd ein paar Schritte Richtung Haupthaus. »Lass sie«, bat sie mich. »Wir haben immer noch mein Feuerzeug.«

Zunächst wollte ich ihr widersprechen – ich sah keinen Sinn darin, das einzige elektrische Licht, in dessen Genuss wir in dieser Nacht wahrscheinlich kommen würden, auf Ellens seelisches Wohlbefinden zu verschwenden, akzeptierte Judiths Entscheidung dann aber doch. Vielleicht war es wirklich besser so. Ellen den Handscheinwerfer abzunehmen hätte bedeutet, körperliches Durchsetzungsvermögen aufzubringen, daran zweifelte ich nicht. Als sie uns das erste Mal mit einem Messer gedroht hatte, war ich überzeugt gewesen, sie hätte den Verstand verloren. Nun hatte sie ihn verloren und die Entschlossenheit, mit der sie Taschenlampe und Messer festhielt, verriet mir, dass sie die Lampe mit Zähnen, Krallen und ihrem Kartoffelschäler verteidigen würde. Ich war geschwächt und Ellen war wahnsinnig. Ich glaubte nicht, dass ich unter diesen Umständen eine Chance gegen sie gehabt hätte.

Dennoch hielt ich noch einmal inne, packte Judith vorsichtig an der Schulter und drehte sie zu mir herum, ehe wir ins Hauptgebäude zurückkehrten. Im Lichtstrahl der Lampe, die Ellen aus einigen Schritten Entfernung auf uns richtete (wahrscheinlich um sich davon zu überzeugen, dass wir uns tatsächlich entfernten und nicht nur einen großen Bogen einschlugen, um uns aus einer anderen Richtung an sie heranzuschleichen), betrachtete ich sie erstmals nach dem Unglück im Keller genauer.

Judith sah nicht nur besorgnis-, sondern regelrecht furchterregend aus: Die Schnittwunde an ihrem Oberarm war breiter und blutete weitaus heftiger, als ich bis dahin befürchtet hatte – so stark, dass nicht nur ihr Ärmel fast vollständig blutdurchtränkt, sondern auch mein eigenes Oberteil über und über damit besudelt war. Ihr T-Shirt hing klatschnass und beinahe in Fetzen an ihr herab, in ihrem Gesicht hatten sich zu den Kratzern, die die Fledermäuse ihr zugefügt hatten, nun auch noch ein paar fiese Schürfwunden gesellt. Ihr Haar war völlig zerzaust und verfilzt und seine Farbe ließ sich unter dem Staub, der sich mit dem Regenwasser zu einer gräulichen Schlacke vereint hatte, bestenfalls noch erahnen.

Ich bewunderte Judith für die Kraft, die sie aufgebracht hatte, um trotz ihrer Verletzung, ihrer Angst und der Aussichtslosigkeit ihrer Lage nach dem Einsturz bei Bewusstsein zu bleiben, bis ich sie hatte befreien können, und außerdem dafür, wie sie an meiner Seite durch die Finsternis gestreift war, als sei ihr nichts, aber auch gar nichts passiert. Ihr Gesicht hatte alle Farbe verloren und unter ihren Augen lagen dunkle Ringe – aber sie hatte durchgehalten und das völlig klaglos, ohne einen Ansatz von Jammern. Ich kannte nicht viele Frauen, denen ich eine so große Tapferkeit zugetraut hätte, wie mein Pummelchen Judith sie in dieser Situation demonstriert hatte, und ich verspürte einen Anflug von Stolz auf sie und ein bisschen Verachtung für Ellen. Judith zwang sich sogar zu einem Lächeln, um die Sorge, die mir vermutlich nur zu deutlich ins Gesicht geschrieben stand, nach Kräften herunterzuspielen.

Wir sollten zusehen, dass wir in die Küche kamen, damit ich ihre Wunden reinigen und notdürftig verarzten konnte. Ich griff nach ihrer Hand und tat einen eiligen Schritt auf den Eingang zu – geradewegs in den noch immer offen stehenden Brunnenschacht, der bereits den greisen von Thun verschlungen hatte.

Mein Fuß trat ins Leere und ich schrie entsetzt auf. Für die Dauer eines unendlich langen Augenblicks kämpfte ich mit wild rudernden Armen um mein Gleichgewicht. Dann verlor auch mein linkes Bein infolge der Schwäche, die immer mehr von mir Besitz ergriff, seinen ohnehin eher dürftigen Halt und ich stürzte vornüber auf die meterweit in die Tiefe reichende, tödliche Falle zu.

Man sagt gerne, das Leben sei kurz. Es gibt Situationen, in denen man begreift, dass dem überhaupt nicht so ist. Viele der Bilder, die sich wie die verfilmte Autobiografie meiner Person im Zeitraffer vor meinem inneren Auge abspielten, als ich den Bruchteil einer Sekunde lang scheinbar ohne sicheren Halt über dem Brunnenschacht schwebte und mit meinem Leben abgeschlossen hatte, waren längst dem Vergessen oder meinem nicht geringen Talent des Verdrängens zum Opfer gefallen. Schöne, traurige oder einfach nur neutrale Bilder und Eindrücke, die von meiner frühen Kindheit bis zum heutigen Tag reichten, brachen auf mich herein und machten mir klar, dass ich bereits viel mehr erlebt und durchgestanden hatte, als mir für gewöhnlich bewusst war, und dass ich eigentlich doch schon ein bisschen älter war, als ich mich fühlte.

Trotzdem hatte ich noch nicht genug. In der verzweifelten Hoffnung, irgendetwas zu erwischen, an dem ich mich festhalten und meinen ansonsten wahrscheinlich tödlich endenden Sturz bremsen konnte, griff ich ziellos in die Dunkelheit (es war erstaunlich, was man in so geringer Zeit alles denken, fühlen und wahrnehmen konnte, aber ich schaffte es *wirklich*, etwas Hoffnung in mir aufkeimen zu lassen, während Judiths entsetztes Kreischen zu mir durchdrang und mit dem Widerhall aus dem Schacht meine Trommelfelle zum Vibrieren brachte) und ich fand etwas: Meine Linke schloss sich fest um eine der rostigen Sprossen, die in das uralte Mauerwerk eingelassen worden waren. Ein schmerzhafter Ruck durchfuhr meinen Arm, als ich so meinen eigenen Sturz mit aller Kraft, die ich noch aufbringen konnte, bremste. Einen Augenblick lang hatte ich das Gefühl, mir den Arm durch den gewaltigen Ruck meines Körpergewichts und die eisern und mit verzweifelter Gewalt um die Sprosse geklammerte Hand selbst auszureißen, so dass aller Schmerz und aller Kraftaufwand umsonst gewesen wäre. Man würde mich irgendwann als halb verwesten, verstümmelten Leichnam aus dem Schacht bergen und nur noch schnell für eine fragwürdige Internetseite fotografieren, ehe man den Einheiten, in die ich mich mit meiner Aktion selbst zerlegt hatte, ein Urnenbegräbnis zuteil werden ließ. Aber meine Schulter kugelte nicht aus und meine Sehnen und Bänder hielten der plötzlichen Belastung wacker stand, so dass ich nur einen weiteren Augenblick lang wild mit den Beinen im Leeren strampelte, während ich mit der anderen Hand an der darunter liegenden Sprosse Halt suchte. Doch schließlich konnte ich mich daran hochziehen und mich von dort aus mit dem Oberkörper über den Rand des Schachtes bringen.

Judith ließ sich bäuchlings in die riesige Pfütze fallen, die sich über den ganzen Hof erstreckte und an dieser Stelle wie ein Wasserfall über mich ergoss und mir den Atem nahm. Sie griff nach meinen Schultern, um mich am T-Shirt gepackt in die Höhe zu zerren. Meine Füße fanden Halt auf einer der Sprossen und mit einem letzten, kräftigen Ruck stieß ich mich endgültig über den Rand, ehe die rostige Stufe das Zeitliche segnete. Sie brach ab, prallte klirrend gegen die Wand und segelte in den Schacht hinab. Schwer atmend und völlig entkräftet ließ ich mich neben Judith auf das harte, überschwemmte Pflaster fallen.

»Du verdammter, saublöder Trottel«, schluchzte Judith nach einigen Momenten in einer Mischung aus Erleichterung und kaum verwundenem Schrecken. Sie rappelte sich langsam auf, half mir beim Aufstehen und zog mich einen sichernden Schritt von dem Brunnenschacht weg. »Hast du mir vorhin nur das Leben gerettet, damit ich zusehen kann, wie du dich umbringst? Du kannst mich doch nicht in diesem Horrorhaus hier allein lassen. Zusammen mit dieser Irren da hinten.« Sie deutete mit einem Nicken auf Ellen, die unbeeindruckt von den Geschehnissen in nur wenigen Metern Entfernung stur auf ihrem Platz mitten auf dem Burghof sitzen geblieben war.

Ich lächelte schwach und drückte ihr einen Kuss auf den Mund. »Niemals«, behauptete ich. »Die schönste Frau der Welt irgendwo zurücklassen – das könnte ich nicht.« Vielleicht war ich doch kein so miserabler Lügner, wie ich bislang gemeint hatte; zumindest aber glaubte ich trotz der Dunkelheit zu erkennen, wie sich ihre Wangen röteten. »Ich wollte dich ja mitnehmen, aber du hast einfach meine Hand losgelassen«, setzte ich krampfhaft lächelnd hinzu.

»Blödmann.« Judith knuffte mir mit einem gequälten Lächeln in die Seite und zog mich auf den Ausgang zu und die Stufen zur Empfangshalle hinauf. Dort angelangt, verharrte sie plötzlich und legte den Zeigefinger auf die Lippen. »Hörst du das?«, flüsterte sie, mit einem Schlag wieder ganz ernst.

Ich lauschte und dann hörte ich es auch. Aus der Küche drang ein leises, erschöpftes Wimmern zu uns hinaus. Ich warf Judith einen erschrockenen Blick zu, griff nach dem Feuerzeug, das sie im gleichen Moment aus der Tasche gezogen hatte, eilte durch die Empfangshalle und zündete es an, als ich die Küche erreicht hatte.

»Tu mir nichts«, hörte ich Carls Stimme kraftlos und heiser flüstern, konnte ihn aber im ersten Augenblick nirgends entdecken. »Ich gehöre nicht zu denen. Bitte tu mir nichts!«

Erschrocken suchte ich den von der nachlassenden Flamme nur schwach erhellten Raum mit Blicken ab und erkannte schließlich schattenhaft zwei Gestalten an der gegenüberliegenden Seite. Ed war scheinbar eingeschlafen und hing mit auf die rechte Schulter gesacktem Kopf und schlaff herunterhängenden Armen in einem der billigen Plastikstühle. Carl kauerte einen Schritt weiter rechts auf den Knien, die Arme schützend über den tief nach unten geneigten Kopf, vor den einfachen Küchenschränken. Mit schnellen Schritten eilte ich auf ihn zu und streckte den Arm aus, um ihm aufzuhelfen, aber der Wirt duckte sich noch ein bisschen tiefer, als sei er ein Igel und verfüge über spitze Stacheln auf dem Rücken, die ihn schützen konnten, vor was auch immer er sich so sehr fürchten mochte. Ich blickte über die Schulter zurück und hoffte, dass Judith mir gefolgt war, damit sie die Situation mit etwas weiblichem Feingefühl entspannen konnte. Aber Judith musste in der Halle zurückgeblieben sein, jedenfalls war sie nicht bei mir, und so war ich, allein auf mich gestellt, mit der Aufgabe spontan überfordert, einen erwachsenen Mann zu beruhigen, der beinahe mein Vater hätte sein können.

»Lasst mich gehen, oh bitte, lasst mich gehen«, flehte Carl mit erstickter Stimme, ohne zu mir aufzusehen. Anscheinend hatte er mich nicht erkannt, möglicherweise nahm er überhaupt nichts von den Dingen um ihn herum wahr, sondern befand sich seit dem Einsturz in einem Schockzustand und die Biochemie in seinem Hirn spielte verrückt und gaukelte ihm eine eigene kleine Welt vor. »Ich tue alles für euch, was immer ihr wollt«, jammerte er mit heiserer, aber dennoch furchtbar schrill klingender Stimme. »Ich zeige mich an, wegen der Nazigoldsache, ich tue alles ... aber bitte lasst mich nicht allein.«

»Carl?«, fiel ich in das wirre, zusammenhanglose und widersprüchliche Gestammel des Wirts ein und berührte vorsichtig seine Schulter. »Ich bin es nur, Frank. Was ist passiert? Sind Sie verletzt?«

Der Wirt zuckte zusammen, als ich ihn berührte, blickte dann aber mit angstweit geöffneten Augen zu mir auf. Sein Gesicht war weiß wie die sprichwörtliche Wand. Schlieren von getrocknetem Blut zogen sich über sein aschfahles Gesicht und sein Oberkörper und die Arme waren ebenfalls mit Unmengen von dunklem, klebrigem Blut bedeckt. Ich stieß einen erschrockenen Laut aus und wich einen Schritt zurück. Mein Fuß stieß an etwas Kleines, Hartes, das auf dem Linoleumboden lag und mit einem scharrenden Geräusch davonschlitterte.

Der Napola-Dolch!

Mein Herz machte einen entsetzten Satz, fassungslos starrte ich auf die Waffe auf dem Kunststoffboden hinab, die im schwachen Schein meines Feuerzeugs bedrohlich aufblitzte. Wie, zum Teufel, kam der Dolch hierher? Er hatte tief in Stefans Rücken gesteckt, ich hatte beides mit einer Plane abgedeckt, ehe ich den Bodybuilder in der Empfangshalle zurückgelassen hatte und zu den anderen zurückgekehrt war. Wer hatte ihn an sich genommen und wer hatte Carl damit so sehr verletzt?

Ich bemerkte einen Fehler in der logischen Abfolge meiner sich überschlagenden Gedanken. Ich hatte zwar gesehen, dass der Wirt mit Blut besudelt war – mit jeder Menge Blut, um genau zu sein. Aber ich hatte keine Verletzung an ihm bemerkt, aus der das Blut ausgetreten war.

Mein Blick wanderte langsam, das Schlimmste befürchtend, ein weiteres Mal in Eds Richtung, um den vermeintlich Schlafenden genauer zu betrachten. Aber das Schlimmste, das ich befürchtet hatte, übertraf den Anblick, der sich mir bot, als ich die kleine Flamme am ausgestreckten Arm in seine Richtung hielt, noch bei weitem.

Ed hing schlaff in dem Gartenstuhl, aber seine

Augen waren schreckensweit geöffnet. Sein Mund stand weit offen, dickes, dunkles Blut rann über seine Lippen und tropfte auf sein Hemd hinab, wo es einen gewaltigen, hässlichen Fleck bildete, der fast bis zu seinem Hosenbund hinabreichte. Dort, wo sie nicht blutverschmiert war, hatte seine Haut einen gelblich-grauen Farbton angenommen. Jemand hatte ihm die Kehle durchgeschnitten und ihm ein blutiges Hakenkreuz auf die Stirn geritzt.

Es war einfach zu viel für mich. Plötzlich begann sich alles um mich herum zu drehen. Ich ließ das Feuerzeug fallen und taumelte würgend auf das Waschbecken zu. Dort drehte ich mit bebender Hand den Hahn auf, in der verzweifelten Hoffnung, dass kaltes Wasser den Brechreiz hemmen und den Schwindel vertreiben würde, aber es hatte keinen Zweck: Der Stress des vergangenen Tages, der Tod des Anwalts, der Mord an Stefan, der Einsturz, Absturz, ständige Migräneattacken, die zweimalige Ohnmacht, wirre Geschichten, Vorstellungen, Fantasien, emotionale Achterbahnfahrten – ich hatte die Grenze dessen, was ich ertragen konnte, längst weit überschritten und steuerte wahrscheinlich seit geraumer Weile auf den Punkt zu, an dem Körper und Geist die Streikfahnen schwenkten. Ich spürte, dass ich kurz davor stand, in ein Koma katapultiert zu werden, aus dem ich vielleicht nie wieder erwachen würde, zum Schutz vor allem Möglichen, was dieses Leben – diese gottverdammte Nacht! – mir noch alles abverlangen könnte. Heftige Krämpfe tobten in meinem Magen. Ich übergab mich in das Waschbecken und sackte zitternd vor der Spüle auf die Knie.

»Tut mir Leid, aber Ellen hat nach mir gerufen.« Judith stand sicher nicht weit von mir am Eingang, befand sich allerhöchstens aber auf halbem Wege durch die Halle hierher. Trotzdem drang ihre Stimme wie von unendlich weit her nur gedämpft zu mir durch. »Der Doc ist auf dem Weg zur Besserung. Dein Kurztrip in den Schacht hat wohl irgendein loses Schräubchen bei ihr wieder halbwegs festgedreht.« Der Strahl des Handscheinwerfers erreichte die Küche einige Sekunden, ehe Judith sie betrat. »Jemand hat die Hauptsicherung hier im Sicherungskasten herausgedreht, warte.« In der nächsten Sekunde flammte das Licht in der Küche wieder auf und trieb mir die Tränen in die geblendeten Augen – wenigstens konnte ich mir dadurch einreden, dass ich mir davor das Weinen noch heldenhaft hatte verkneifen können.

»Ist bei euch alles im grünen Bereich? Hast du –«

Sie brach ab. Der Rest ihres Satzes endete in einem entsetzten Keuchen, als sie die Küche erreicht hatte und auf der Schwelle verharrte. Ich sah sie nicht an. Magensäure und bittere Galle schossen in meinem Rachen hoch, als mein Blick erneut, diesmal im grellen Schein der Neonröhre unter der Decke, auf Ed fiel und den Ausdruck auf seinem zwischen Überraschung und unmäßiger Angst zu einer abscheulichen Grimasse verzerrten Gesicht erkannte. Der seitlich geführte, wahrscheinlich bis auf die Halswirbel tiefe Einschnitt an seinem Hals reichte von der Halsschlagader bis in den Nacken, als sei er feige von hinten ausgeführt worden. Das Blut musste in wahren Fontänen aus der tödlichen

Wunde geschossen sein, denn es war mehr als zwei Meter weit bis an die weiß gekachelte Wand über der Arbeitsplatte gespritzt und hatte auch Carl über und über besudelt, klebte in seinem Gesicht, an seinen Kleidern und sogar in seinen Haaren. Ich wehrte mich nach Kräften gegen die Vorstellung des grauenhaften Augenblicks, in dem die Klinge Eds Hauptschlagader durchtrennt hatte, konnte sie aber nicht gänzlich unterbinden. Carl musste Schreckliches durchgestanden haben.

Wenn er es nicht selbst getan hatte.

Fast gewaltsam riss ich meinen Blick von dem fürchterlichen Bild los und wandte mich Judith zu, die noch immer wie erstarrt im Türrahmen stand und zitternd, mit angehaltenem Atem auf Ed hinabstarrte, der leblos in seinem Stuhl hing. Alles, was ihren Anblick etwas weniger erbärmlich gestaltete als den Eds, war der Umstand, dass sie noch lebte. Ich hatte bereits im schwachen Licht des Strahlers auf dem Hof registriert, wie übel es sie erwischt hatte, erschrak aber ein weiteres Mal, als ich sie noch einmal und vollständig beleuchtet betrachtete. Sie war völlig durchnässt und vom Zementstaub verdreckt und der Regen hatte den Blutfleck, den die Wunde an ihrem Arm verursacht hatte, nicht ausgewaschen, sondern nur vergrößert, so dass fast ihr ganzes Shirt mittlerweile blutgetränkt war und in Rottönen verschiedener Nuancen leuchtete. Nach den Berührungen und Umarmungen, die wir in der Dunkelheit ausgetauscht hatten, sah ich wahrscheinlich selbst nicht viel besser aus. Ihr Gesicht war eine fürchterliche, von Blut und Schmutz verkrustete Grimasse. Judith begann stumm und noch immer regungslos zu weinen. Ich zog mich mühsam an der Spüle in die Höhe, trat auf sie zu und zog sie an mich heran, aber wir verfügten nicht mehr über genug Kraft, um uns gegenseitig zu stützen, sondern sanken gemeinsam und fest aneinander geklammert auf den kalten Küchenboden hinab. Beruhigend wollte ich ihr übers Haar streichen, aber es gelang mir nicht. Meine Hand verkrampfte sich in ihren nassen, schmutzigen Strähnen zur Faust und presste ihr Gesicht fest an meine Brust, die sich heftig hob und senkte. Ich hörte, wie sie zu weinen begann, ihre Schultern bebten und ihr schneller Atem stockte immer wieder und auch Carl, dessen Gejammer schlagartig aufgehört hatte, als das Licht angegangen war, begann in diesen Sekunden leise zu schluchzen.

Das Geräusch leiser, zögernder Schritte drang zu uns herüber. Ich blickte erschrocken auf und sah Ellen langsam und noch immer leichenblass und mit unsicheren Schritten zu uns herkommen. Sie zitterte nach wie vor wie Espenlaub, doch im Vergleich zu Judith, Carl und mir bot sie, obwohl völlig zerzaust, nass bis auf die Knochen und mit einem auf der linken Seite angeschwollenen, bereits bläulichviolett verfärbten Gesicht, einen geradezu beruhigenden Anblick; zumindest war sie als einzige der Anwesenden nicht mit Blut beschmiert. Auch sie erstarrte mitten im Gehen, als sie die Küche erreicht hatte, und ihr Blick irrte erschrocken und hektisch durch den Raum. Aber es war nicht mehr das gehetzte Hin und Her der Pupillen einer Wahnsinnigen, aus denen sie Judith und mich gerade noch im Hof betrachtet hatte. Es war ein durchaus prüfender, die Situation erfassender Blick, der über ihr weiteres Tun entscheiden sollte – allem Schrecken, der sich ihren Augen bot, zum Trotz. (Die Küche und die blutverschmierten Gestalten darin, zu denen auch ich mich zählte, mussten ihr den Eindruck vermitteln, in diesen Sekunden ein Schlachthaus zu betreten, in dem die Metzger, welche Judith, Carl und ich waren, Mittagspause hielten und Ed das Schlachtvieh gewesen war.) Ich spekulierte, ob sie vielleicht ein Fläschchen voller Baldriankonzentrat in der Tasche gehabt hatte, das sie im Hof auf Ex getrunken hatte, denn sie wirkte plötzlich zwar noch immer erschöpft und fertig mit den Nerven, aber nicht mehr so hilflos wie ein Kind. Dann erinnerte ich mich aber daran, sie heute schon einmal beim mehr oder weniger heimlichen Konsum irgendwelcher Pillen beobachtet zu haben. Vielleicht lag darin der Schlüssel zu ihrer rapiden Besserung verborgen.

Ellen tat einen tiefen Zug an ihrer vom Regen durchnässten, kaum noch glühenden Zigarette und schloss die Augen, während sie den blauen Dunst ausatmete. Dann schnippte sie die Kippe weg, trat langsam zu Ed an den weißen Plastikstuhl heran und fühlte mit der Handinnenfläche an seiner Stirn.

»Noch keine halbe Stunde tot«, stellte sie leise fest. In ihrer Stimme lag ein Zittern, das verriet, wie mühsam sie ihre gerade erst auf wundersame Weise zurückerlangte Fassung gegen einen neuerlichen Zusammenbruch verteidigen musste. Sie strich Ed mit einer fast absurd routinierten Bewegung über das Gesicht und schloss ihm auf diese Weise die Augenlider, ehe sie sich zu Judith und mir umwandte.

»Was ist passiert?«, fragte sie leise. »Wer hat das getan?«

»Ich weiß es nicht«, antwortete ich fast flüsternd. Schon ein paar so einfache Worte auszusprechen kostete mich große Mühe. Trotzdem schob ich die zitternde Judith, die sich noch immer völlig verstört und verängstigt an mich klammerte, mit sanfter Gewalt ein kleines Stück von mir weg, stand langsam auf, wobei ich mich am Türrahmen abstützte, und half dann Judith auf die Füße, um sie wieder schützend in den Arm zu nehmen. (Schützend? Ich war größer und stärker als sie und ich war ein Mann, aber ich fühlte mich in diesen Sekunden kein bisschen wie ein Beschützer, sondern ich war nur aus dem einzigen Grunde nicht derjenige, der sich schluchzend an ihre Brust lehnte, weil sie zwei Köpfe kleiner als ich und dies somit ein Ding der Unmöglichkeit war. Es sei denn, ich wollte mir die Blöße geben und mich auf Knien an sie klammern! Ich fühlte mich so schwach und hilflos wie nie zuvor in meinem Leben.) »Carl«, sagte ich tonlos. »Frag ihn. Er war vor mir hier.«

»Ich ... Ich bin aus dem Keller gerannt, als die Decke eingestürzt ist«, begann Carl stockend und hilflos den Kopf schüttelnd. »Ich bin hierher geflohen. In die Küche. Alles war dunkel ... Aber da hat er noch gelebt ...«

»So?«, fragte Ellen misstrauisch. Ich musste nicht über hellseherische Fähigkeiten verfügen, um eine recht genaue Vorstellung davon zu haben, was in ihrem Kopf vorging. Meine Kapriolen schlagenden Gedanken verfolgten diesmal zielgerichtet einen Weg, an dessen Abzweigung sie vor wenigen Augenblicken schon einmal in die Irre gelaufen waren. »Und was hast du dann getan?«, fragte die Ärztin.

Insgeheim hatte Ellen die Worte des langhaarigen Wirts vermutlich schon als ausreichendes Geständnis verarbeitet. Ed hatte noch gelebt, als Carl hier aufgetaucht war, und nun kauerte er blutverschmiert neben seiner Leiche. Eigentlich hatte auch ich mein Urteil längst gefällt, zumal ich den Späthippie schon zuvor im Stillen als Stefans Mörder abgeurteilt hatte. Aber ich zog es vor, nichts zu sagen, sondern ihn weitererzählen zu lassen. Schließlich waren auch Judith und ich über und über mit Blut besudelt und mussten nach gründlicher Überlegung, zumindest in Ellens Augen, ebenso für den grausamen Mord an Ed in Frage kommen wie der noch immer auf dem Linoleumboden kauernde Wirt. Carl sollte weiterreden, seinen zweiten Mord, den er allem Anschein nach selbst nicht verkraftete und der ihn in den Zusammenbruch getrieben hatte, ruhig in allen Details zugeben, das Attentat auf Stefan am besten gleich auch noch, damit wir ihn guten Gewissens gemeinsam um die Ecke bringen konnten. Nach allem, was wir hier erlebt hatten, was *ich* erlebt hatte, zweifelte ich keine Sekunde daran, dazu in der Lage zu sein. Schon jetzt fühlte ich den Adrenalinschub, der mir dazu verhelfen würde.

»Dann ging plötzlich das Licht aus«, erzählte Carl weiter und auf einmal sprudelten die Worte nur so aus seinem Mund hervor, als hätte sein Gewissen sie ihm schon vor längerer Zeit auf die Zunge gelegt, wo er sie krampfhaft zurückgehalten hatte. Zumindest dachte ich das zuerst. »Ich habe Schritte gehört, aber ich konnte nichts sehen. In der einen Sekunde war es taghell und in der nächsten plötzlich stockfinster – ich war also absolut blind. Ganz leise nur waren die Schritte, aber trotzdem ganz nah. Und dann war es still.«

Der Wirt wischte sich mit dem Handrücken die Tränen aus dem Gesicht. Seine Worte klangen nicht nach dem umfassenden Geständnis, das ich mir insgeheim erhofft hatte, allein schon, um endlich ein Ziel für meine Wut und Abscheu zu finden, die Eds grauenhafter Anblick und das Blut an den Wänden nun in rasender Eile in mir hochkochen ließen. Aber das alles weckte noch einen ganz anderen und nach allem, was geschehen war, nicht allzu weit hergeholten Verdacht in mir: Was hatte Carl gesagt? Ganz leise Schritte? Wir hatten zumindest einen von Marias Schuhen gefunden. Barfuß ließ es sich bestimmt leiser gehen. Ich tauschte einen vielsagenden Blick mit Judith, die den gleichen Gedanken zu verfolgen schien, denn sie blickte erschrocken in die im Dunklen liegende Empfangshalle hinaus. Dann zog sie mich unsicher und mit dem Rücken zur Wand einen Schritt weiter von der Tür weg in die Küche hinein.

»… dass man das Gesetz selbst in die Hand nehmen muss«, wiederholte sie leise flüsternd, was Maria vorhin geschrien hatte, als wir sie außer sich vor Wut aus der Küche geschleift hatten. Ihr Blick irrte einen Moment lang hektisch durch den Raum und blieb schließlich fassungslos auf dem vor lauter Blut aus dieser Entfernung kaum noch als solches erkennbaren Hakenkreuz auf Eds Stirn haften. »Gegen eine bestimmte Sorte von Schweinen. Das ist Lynchjustiz. Eiskalte Lynchjustiz!«

Ich zog sie ein wenig dichter an mich heran und hielt sie fest. Ich wusste nicht, ob sie zusammenbrechen oder schreiend auf den Hof rennen würde, wenn ich sie losließ, entschied aber, dass beides nicht sein musste, und schloss meine Arme noch ein wenig fester um sie.

»Ich glaube, Ed hat es auch gehört«, erzählte Carl, nun wieder schluchzend, weiter. »Zuerst hat er noch dumme Sprüche gerissen. Ich war wirklich sauer auf ihn. Verdammt, ich habe gedacht, ihr seid alle tot, und ich war völlig erschöpft und fertig mit den Nerven, und was tut er? Sitzt da und klopft dumme Sprüche! Aber dann war er plötzlich ganz still.« Während er gesprochen hatte, war seine Stimme lauter geworden, Erregung hatte ihn gepackt. Aber als der Wirt nach einer kurzen Pause weitersprach, klang er nicht mehr nur erregt, sondern hysterisch. Er schrie fast.

»Auf einmal war da ein Röcheln, ein gurgelndes, schreckliches Röcheln, kein Schrei oder so etwas, sondern viel schlimmer, ein hässlicher, erstickter Laut. Und dann spritzte etwas in mein Gesicht, etwas Warmes. Zuerst habe ich noch gedacht, was ist das denn für eine Scheiße, aber dann ist mir etwas in den Mund gelaufen und ich habe geschmeckt, dass es Blut ist, das auf mich gespritzt war. Blut, versteht ihr, da war Blut in meinem Mund! Und dann dieses Geräusch. Dieses ekelhafte, gurgelnde Geräusch …« Wieder schwieg der Wirt einen Augenblick, kämpfte vergeblich mit den Tränen und rang nach Luft für den Rest seiner Erzählung.

»Und dann war da eine Stimme«, schloss Carl, der die Schwelle zum Nervenbruch nun endgültig überschritten hatte, hysterisch schreiend. »Eine leise Stimme. Wisst ihr, was sie gesagt hat? *Du gehörst nicht mehr länger zu uns*, hat sie gesagt! Eine leise Stimme, ganz hell und klar ist es gewesen! Eine Kinderstimme, versteht ihr?!«

ENDE
des drittten Teils